JN147239

ヒトラーと暮らした少年

ジョン・ボイン　原田 勝＝訳

あすなろ書房

ヒトラーと暮らした少年

CONTENTS

もくじ

第1部 1936 5

第2部 1937-1941 139

第3部
1942-1945
213

エピローグ
EPILOGUE
269

謝辞
284

作中に登場する主な歴史上の人物
285

訳者あとがき
286

わたしの甥たち、マーティンとケヴィンに

イラストレーション／船津真琴
ブックデザイン／城所潤+大谷浩介（ジュン・キドコロ・デザイン）

第1部

1936

第1章　ハンカチについた三つの赤い染み

ピエロ・フィッシャーの父親は第一次大戦で戦死したわけではなかったが、母親のエミリーはいつも、夫はあの戦争に殺された、と言ってきかなかった。

そのころ、パリに住む七歳の子どもで一人親なのは、ピエロだけではなかった。学校で前の席にすわっている男の子は、四年前に母親が百科事典のセールスマンと行方(ゆくえ)をくらまして以来母親の顔を見ていなかったし、クラスのいじめっ子で、背が低いピエロを「チビ」と呼ぶ男の子は、モット＝ピケ通りにある祖父母のタバコ屋の二階の部屋で寝起きしていて、ひまを見つけては窓から下の通りを歩いている人の頭めがけて水風船を落とし、自分はなにも知らないと言いはっていた。

ピエロは、そこからほど近いシャルル＝フロケ通りのアパートに住んでいたが、すぐ下の一階の部屋にいるなかよしの男の子、アンシェル・ブロンシュタインも、母親との二人暮らしだった。アンシェルの父親は、二年前、英仏海峡を泳いでわたろうとして失敗し、おぼれてしまったのだ。

生まれた日が数週間しかちがわないので、ピエロとアンシェルは、ほとんど兄弟のように育てられた。

どちらかの母親が昼寝をしなきゃならない時は、もう一人が赤ん坊二人の世話をしたものだ。しかし、兄弟ならたいてい口げんかをするものだが、二人は一度もしたことがない。なぜなら、アンシェルは生まれつき耳が聞こえなかったからだ。二人はとても幼いうちから手話をあやつれるようになり、たやすく意思を伝えあい、必要なことはすべて、すばやい手の動きで表わすことができた。互いの名前代わりに使う特別な合図も考えた。アンシェルはピエロをさすのに「犬」を表わす手の動きを使った。なぜなら、ピエロのことを、やさしくて人を裏切らない友だちだと思っていたからだ。ピエロはアンシェルをさすのに「キツネ」を意味する合図を使った。だれもが、アンシェルはクラスで一番頭がいいと言っていたからだ。左の絵は、それぞれ、二人がこの手話を使う時の手の動きだ。

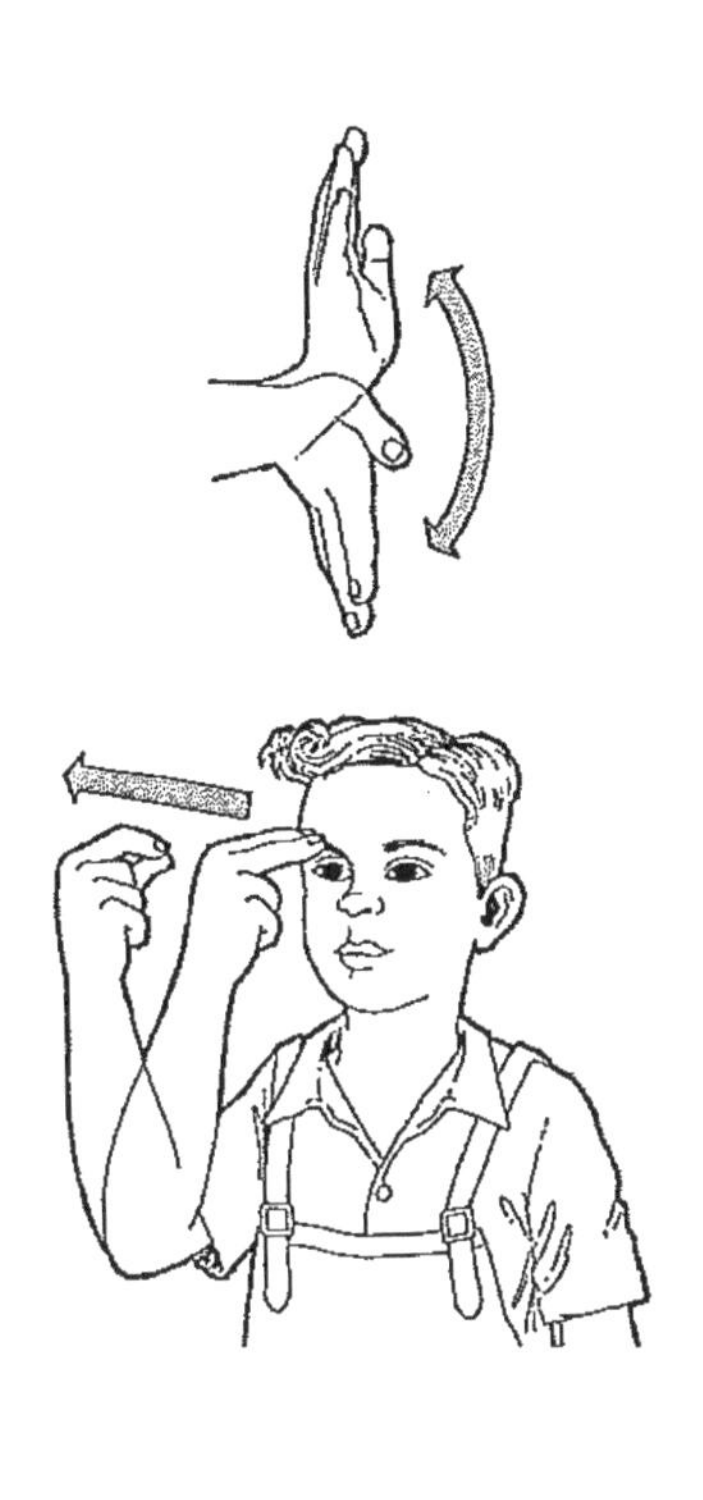

二人はシャン・ド・マルス公園でボールを蹴ったり、一冊の本を二人で読んだりして、一日中、ほとんど一緒にすごした。二人の絆はとても堅く、アンシェルが夜自分の部屋で書いた物語を見せるのは、ピエロだけだった。アンシェルの母親でさえ、息子が作家になりたいと思っていることを知らなかった。

〈この話はおもしろいね〉ピエロは物語が書かれた紙の束を返しながら、指をすばやく動かし、アンシェルに手話でそう伝えたものだ。〈馬が出てくるところと、かんおけの中から金（きん）が見つかるところがいい。こっちはそうでもない〉ピエロは手話を続けながら、二つ目の束を返した。〈でも、それはおまえの字がきたなくて読めないところがあったからだ……。それと、こいつは……〉と、パレードの列にむかって旗をふるように三つ目の束をふりながらつけくわえた。〈なにがなんだかわからない。ぼくならゴミ箱にすてる〉

〈それはじっけんなんだ〉、と、アンシェルは答えた。なにを言われてもかまわないと思っていても、親友のピエロがおもしろくないと思った物語については、こうして弁解ぎみに答えることもある。

〈だめだめ〉、ピエロも手を動かし、首をふった。〈とにかく、なってない。これは人に見せないほうがいい。頭がおかしくなったと思われるぞ〉

ピエロも物語を書いてみたいと思ってはいたが、じっとすわって紙の上に言葉を書きつらねていくことができなかった。そこでよく、アンシェルとむかい合わせにおいた椅子に腰かけ、思いついた話や、学校で自分がしたいたずらの顚末を手話で語った。するとアンシェルは、ピエロの手の動きを目で追い、あとでそれを物語に書きおこすのだった。

〈じゃあ、これはぼくが書いたってこと?〉ピエロは、紙に書かれた物語を受けとって読みおえると、そうたずねた。

〈書いたのはぼくさ〉アンシェルは首を横にふり、答えた。〈でも、それはおまえの物語だ〉

ピエロの母親のエミリーは、もうめったに夫の話をしなかったが、ピエロはまだ、よく父親のことを思いだした。ヴィルヘルム・フィッシャーは妻と息子と暮らしていたが、三年前の一九三三年の夏、息子の四歳の誕生日がすぎて数か月後、パリを出ていった。ピエロがおぼえているのは、長身の父親がピエロを広い肩に肩車して、馬の蹄の音やいななきを口まねしながら通りを歩いてくれたことだ。ときおり急に駆けだすものだから、そのたびにピエロはうれしそうに悲鳴をあげた。父親は息子が自分の血筋を忘れないようにと、ピエロにドイツ語を教え、ピアノも、簡単な曲が弾けるようになるまで熱心に教えてくれたが、ピエロは自分が絶対に父親のようにうまくはならないだろうと思っていた。父親がみんながよく知っている曲を弾くと、客たちはそろって目に涙を浮かべた。とくに、ピアノに合わせて深みのある力強い声で歌うと、みんなの頭に思い出や後悔がよぎった。ピエロは音楽の素養には恵まれていないかもしれないが、代わりに語学の才能があり、父親とドイツ語で話していたかと思うと、苦もなく、すぐにフランス語に切りかえて母親と話すことができた。パーティーでピエロがやる余興は、ドイツ語でフランス国歌の「ラ・マルセイエーズ」を、フランス語でドイツ国歌の「ダス・ドイチュラントリート」を歌うことだったが、これを聞いて、客が気を悪くすることもあった。

「こういうことはもうやらないでちょうだい、ピエロ」ママン（フランス語で母親のこと）がそう言ったのは、ある晩、ピエロの余興がもとで、近所の人たちとちょっとしたいざこざが起きたあとのことだった。「目立ちたいのなら、なにか別のことをおぼえて。ジャグリングとか、手品とか、逆立ちとか。ドイツ語で歌わなければ、なんでもいいわ」

「ドイツ語のなにがいけないの？」ピエロはたずねた。

「そのとおりだ、エミリー」部屋の隅の肘（ひじ）かけ椅子にすわっていたパパが言った。その晩、ピエロの父親はその椅子にすわってワインをしこたま飲み、そうなるといつものことで、頭からはなれない、いやな経験を思いだし、くよくよと思い悩んでいた。「ドイツ語のなにが悪い？」

「いいかげんにしてよ、ヴィルヘルム」ママンは両手を腰にあて、夫を見た。

「いいかげんにしなきゃならんのはおまえの友だち連中だろう。おれの生まれた国を侮辱しやがって」

「侮辱したんじゃないわ。みんな、ドイツと戦ったこの前の戦争のことをなかなか忘れられないだけよ。愛する人が塹壕（ざんごう）の中で死んでいった人たちはとくにね」

「そのくせ、平気でおれの家に入りこみ、わが家の食いものを食い、おれのワインを飲むんだな」

パパはママンがキッチンにもどっていくまで待ってから、ピエロを呼び、腰に腕を回して引きよせた。

「おれたちはいつか、自分たちのものをとりもどす」パパはピエロの目をのぞきこんで言った。「そしたら、その時、おまえはどっちの味方か思いだせ。おまえはフランスで生まれ、パリで暮らしているかもしれんが、おれと同じ、骨の髄までドイツ人だ。そのことを忘れるなよ、ピエロ」

パパはときおり、真夜中に目をさまし、悲鳴をあげた。その声が暗くて人気(ひとけ)のないアパートの階段に響くと、ピエロの飼い犬のダルタニャンは、怖がって寝床にしているかごから飛びだし、ピエロのベッドに跳びあがってふとんの中にもぐり、主人の横でふるえた。ピエロは毛布をあごまで引きあげ、薄い壁ごしにママンがパパをなだめる声に耳をすました。ママンは、だいじょうぶよ、ここは家族のいる家で、あなたは悪い夢を見ただけ、とささやくのだった。

「でも、あれは夢なんかじゃない」ピエロは、一度、パパが苦しそうなふるえ声で言うのを聞いたことがある。「夢よりひどかったんだ。おれはおぼえてる」

ピエロが夜中に目をさまして急いでトイレへ行こうとすると、パパがキッチンの木のテーブルに突っぷし、なにかぶつぶつ言っていることがあった。たいてい、足もとには空になった酒びんが横だおしになっている。そういう時は必ず、ピエロは裸足で階段を駆けおり、翌朝ママンに見つからないよう、空きびんをアパートの中庭のゴミ箱に捨ててくる。そして階段をのぼって帰ってくると、パパはたいてい、そのあいだに起きあがり、どうにかしてベッドにもどっていた。

父親も息子も、翌日、それを話題にしたことはない。

だが、ある日、ピエロがこうした深夜のお役目を果たそうとして外に出た時、ぬれた階段で足をすべらせ、下までころげおちてしまったことがある。それだけならけがをするほどひどい落ち方ではなかったが、もっていた空きびんが割れ、立ちあがる時にガラスの破片が左足の裏に刺さってしまった。顔をゆがめながら破片をぬきはしたものの、みるみるうちに傷口からどろりとした血があふれだした。足を引きずりながら部屋にもどり、包帯をさがしていると、パパがまた起きてきて、ピエロのけがは、それまでの自分の行ないが招いたものだと悟った。傷を消毒し、包帯がしっかり巻けたことを確かめると、パパはピエロをすわらせ、酒を飲んでいたことをわびた。そして、涙をぬぐいながら、どれほどピエロを愛しているか伝え、二度とピエロをあぶない目にあわせるようなことはしないと約束した。

「ぼくもパパが大好きだよ」ピエロは言った。「でも、一番好きなのは、ぼくを肩車して馬のまねをしてくれる時なんだ。肘かけ椅子にすわって、ぼくともママンともしゃべってくれない時は好きじゃない」

「おれもそういうのが好きなわけじゃない」パパは小声で言った。「でも、ときどき、黒い雲におおわれたような気になる時があって、その雲を追いはらえなくなる。だから酒を飲む。酒は忘れさせてくれるからな」

「なにを?」

「戦争さ。あの時、見たものや……」パパは目をつむり、つぶやいた。「自分がしたことを」

ピエロはつばを飲み、少し怖かったが、たずねた。「なにをしたの?」

パパは悲しそうな微笑(ほほえ)みを見せた。「なんでもしたよ、国のためになることならなんでも。わかってくれるよな?」

「うん、パパ」ピエロは答えたが、なんの話かよくわかっていなかった。それでも、父親がなにか勇ましいことをしたらしいと思った。「ぼくも兵隊さんになるよ。パパがぼくのことをえらいと思ってくれるのなら」

パパはピエロを見ると、片手を肩におき、言った。「自分がどっちの味方をすべきなのか、それは、はっきりさせておけよ」

そのあと何週間か、父親は酒を飲むのをやめた。その後、やめた時と同じくらい突然に、「黒い雲」がもどってきたらしく、また飲みはじめた。

パパは近所のレストランでウェイターの仕事をしていて、毎朝十時ごろに家を出ていき、三時にもどり、六時にはまた、夕食どきの仕事に出かけていった。ある日、家に帰ってきたパパは不機嫌だった。なんでも、みんなから「パパ・ジョフル」と呼ばれている人がレストランに昼食を食べにきて、自分が担当している席にすわったのだそうだ。パパは、その人に給仕するのをこばみ、雇い主のアブラームさんに、仕事をしないのなら家に帰って二度と来るな、と言われ、しぶしぶ給仕したらしい。

「パパ・ジョフルってだれ？」ピエロにとっては初めて聞く名前だった。

「この前の戦争の時、えらい将軍だった人よ」ママンはそう言うと、かごから、とりこんだ洗濯物の山をとりだし、アイロン台の横においた。「わたしたちの英雄だわ」

「おまえたちにとってはな」パパが言った。

「いいこと、あなたはフランス人女性と結婚したんですからね」ママンはそう言って、パパをにらみつけた。

「恋してしまったからだ」パパは答えた。「なあ、ピエロ、初めてママンと会った時のことを話したかな？　第一次大戦が終わって二年ほどたっていた。おれは妹のベアトリクスと、あいつの昼休みに会う約束をしていた。で、妹の職場の百貨店へ行ってみると、新しく入った店員の一人としゃべってるところだった。その週に働きはじめたばかりの内気そうな娘だった。ひと目見てわかったんだ。ああ、おれはこの娘と結婚することになる、ってな」

ピエロは微笑(ほほえ)んだ。こういう話をしている時のパパは大好きだ。

「おれはなにかしゃべろうとして口をあけたんだが、言葉が見つからなかった。まるで脳みそが働くのをやめてしまったみたいだったよ。それで、その場に突っ立って、なにも言わずに見つめてたんだ」

「どこか具合が悪いのかと思ったわ」ママンがその時のことを思いだし、やはり微笑(ほほえ)みながら言った。

「しまいには、ベアトリクスはおれの肩をつかんでゆすぶらなきゃならなかった」パパはそう言うと、自分の愚かさに声をたてて笑った。

「ベアトリクスがいなかったら、わたしはあなたとデートしてもいい、とは絶対に言わなかったでしょうよ」ママンはつけくわえた。「二人だけで会ってみたらどう、って言われたの。見た目ほどまぬけじゃないわよ、って」

「どうして今はベアトリクスおばさんと会わないの？」ピエロはたずねた。名前は何度か聞いたことがあるのに、一度も会ったことがない。おばさんは家に来たこともないし、手紙を書いてよこしたこともなかった。

「どうしてもだ」パパが言った。顔から笑みが消え、表情が変わっていた。

「でも、なんで？」

「この話はおしまいだ、ピエロ」

「そう、おしまいよ、ピエロ」くりかえしたママンも顔を曇らせていた。「それが、うちのやり方だから。愛する人たちを遠ざけ、大事なことにふれず、だれの手も借りようとしない……」

こうして、楽しい会話は台無しになった。

「やつの食べ方は、ガツガツと下品なんだ」少しして、パパが言った。かがんでピエロの目をのぞきこみ、指を動物のかぎ爪のように曲げてみせた。「パパ・ジョフルのことだぞ。トウモロコシの軸をかじるドブネズミみたいだった」


パパは毎週のように、どんなに自分の給料が安いか、アブラームさんと奥さんがパパにむかってどんなにえらそうな口のきき方をするか、そして、最近、パリの人たちが、どんなにチップを出ししぶるようになったか、文句を言いつづけた。「だからうちにはいつも金がないんだ。けちな客ばっかりだ。とくにユダヤ人はな。やつらが一番けちだ。しかもしょっちゅうやってくる。奥さんが作るユダヤ料理は、ゲフェルテフィッシュもラートケも、西ヨーロッパで一番うまいと言ってな」

「アンシェルはユダヤ人だよ」ピエロは小声で言った。アンシェルがお母さんと二人で礼拝に出かけていくのをよく見かける。

「アンシェルはいいユダヤ人なんだ」パパはぼそぼそと答えた。「よく言うじゃないか、いいリンゴを入れた樽(たる)にも、必ずひとつは腐ったリンゴが入ってる、ってな。たぶん、その逆も言えるんじゃ——」

「いつもお金がないのは」と、ママンが口をはさんだ。「あなたがかせいだお金をほとんどワインに使ってしまうからじゃないの。それに、ご近所さんのことを、そんなふうに言うもんじゃないわ。うちがどんなに――」

「こいつに金をはらったと思ってるのか？」パパはワインのびんを一本手にとると、ラベルが見えるようにむきを変え、ママンに見せた。レストランでいつも出しているのと同じ銘柄だった。そしてピエロにむかって、「おまえの母親は、ときどき、ずいぶんお人好しになる」そう、ドイツ語で言った。

いろいろあっても、ピエロは父親と一緒にいるのが大好きだった。月に一度、パパはピエロをチュイルリー庭園につれていってくれ、通路の左右にあるさまざまな木や草花の名前をあげて、それぞれが季節を追うごとにどう変わっていくか説明してくれたものだ。そして、自分の両親が熱心な園芸農家で、田舎（いなか）暮らしを愛していた、と言った。「だが、もちろん、親父たちはすべてをなくしてしまった。農場はとりあげられ、苦労して築いたものはなにもかも破壊された。そして、二度と立ちなおれなかった」

帰り道、パパは屋台でアイスクリームを買ってくれたが、ピエロが地面に落としてしまったので、代わりに自分のをくれた。

ピエロはこうした出来事を、家でもめごとがあるたびに思いだすようにしていた。それからひと月もたたないある日のこと、客間で口論が始まった。近所の人たちが――ピエロが「ラ・マルセイエーズ」

をドイツ語で歌うことに反対したのとはまた別の人たちだ――政治の話を始めたのだ。声が大きくなり、くすぶっていた不満が吐きだされた。客が帰ったあと、ピエロの両親は大げんかした。

「お願いだから、お酒はもうやめて」ママンは声を荒らげた。「あなたはアルコールが入ると、ひどいことを言ってしまうんだもの。みんなをどんなに怒らせたか、わからないの？」

「おれは忘れるために酒を飲むんだ」パパはどなった。「おれがなにを見たか、おまえにわかるか？昼も夜も、あの時見た光景が頭の中をぐるぐる回ってるんだぞ！」

「でも、あれからどれだけたったと思うの？」ママンはパパに一歩近づき、腕をとろうとした。「お願いよ、ヴィルヘルム。あなたがどんなに苦しんでるか、わたしだって知ってるわ。でも、それは、あなたが当時のことをちゃんと話してくれないからじゃないの？　あなたの痛みをわたしと分けあってくれたら――」

ママンは最後まで言えなかった。なぜなら、パパがそれはひどいことをしたからだ。パパは、同じようなことを何か月か前に初めてした時、二度とこんなことはしないと誓ったのに、もう何度か約束を破っていた。ママンは腹をたてるものの、いつもなにかしら理屈をつけて、パパのしたことをゆるしてしまう。とくに、ピエロがその場面を目撃し、怖くなって寝室で泣いている時はそうだった。

「パパは悪くないのよ」ママンは言った。

「でも、ママンをぶつじゃないか」ピエロはそう言うと、涙を浮かべた目で母親を見あげた。ベッドの上ではダルタニャンが二人をちらちらと見くらべてから床に跳びおり、幼い主人の脇腹に鼻先を押しつけた。この小さな犬は、ピエロが不安な気持ちでいる時は、必ず気づいてくれる。

「パパは病気なの」ママンは答え、はれた頰に手をやった。「愛する人が病気なら、その病気を治す手助けをするのがわたしたち家族の務めでしょう。本人にその気があればね。その気がない時は……」ママンはひとつ大きく息を吸ってから、また口をひらいた。「ピエロ、もしここから引っ越すことになったら、おまえはどう思う？」

「みんなで？」

ママンは首を横にふった。「いいえ。わたしとおまえだけで」

「じゃあ、パパは？」

ママンはため息をついた。ピエロは、ママンの目に涙があふれてくるのを見た。「わかってるのは、このままじゃうまくいかないってこと……」


ピエロが最後に父親を見たのは、ある暖かな五月の晩のことで、ピエロが四歳の誕生日を迎えてまもないころだった。キッチンにはまた空きびんがころがり、パパはどなったり、両手で自分の頭の横を殴ったりしはじめた。そして、この中にやつらがいる、みんなここにいて、おれに復讐（ふくしゅう）しにやってくる、と訴えていたが、ピエロにはその言葉の意味がさっぱりわからなかった。パパは食器棚に手を伸ばし、皿やお椀（わん）やカップをつかんでは床に投げ、粉々に割っていった。ママンはパパにむかって両手をさしだし、落ちついてちょうだいと訴えたが、パパはママンに飛びかかって顔を殴り、それはひどい言葉を浴びせたので、ピエロは耳をふさいで自分の部屋に駆けこみ、ダルタニャンを抱いて洋服ダンスの中に隠れた。ピエロはがたがたふるえながら、必死に泣くまいとしていた。小さな犬はちょっとしたさわぎもきらうので、情けない声をあげ、丸くなってピエロに体を押しつけた。

ピエロはそのまま何時間も洋服ダンスの中にいて、出てきたのは家の中がまた静かになったころだった。すると父親の姿はなくて、母親は床に倒れたまま動かず、血まみれの顔にはあざができていた。ダルタニャンはおそるおそる近づいて鼻先をよせ、目をさまさせようと何度も母親の耳をなめた。だが、ピエロは自分の目が信じられず、ただ茫然（ぼうぜん）としていた。その後、ありったけの勇気をふるいおこし、一階のアンシェルの家まで走っておりていったが、階段を指さすのが精一杯で、言葉はひと言も出てこなかった。ブロンシュタインさんは、天井ごしにさっきのさわぎを耳にしていたはずだが、怖くてなにもできなかったのだろう。が、この時は階段を一段、二段飛ばしで駆けあがっていった。一方、ピエロは、アン中にいたアンシェルと目を合わせたが、自分は口がきけず、相手は耳が聞こえなかった。ピエロは、アンシェルの背後のテーブルの上に紙の束がおいてあるのに気づき、入っていって椅子にすわり、アンシェルが書いた新しい物語を読みはじめた。なぜか、架空の世界に逃げこめば楽になれると思ったのだ。

それきり父親からはなんの連絡もなく、ピエロは帰ってきてほしいと思う一方で、それが怖くもあった。ひと月ほどたったある朝、父親がミュンヘンからペンツブルクへむかう列車にひかれて死んだという知らせが届いた。ペンツブルクは父親が生まれ、子ども時代をすごした町だった。ピエロはこの知らせを聞くと、自分の部屋に入ってドアに鍵をかけ、ベッドの上で居眠りしている犬にむかって、やさしく話しかけた。

「パパは今、ぼくらを空の上から見てるんだぞ、ダルタニャン。ぼくはいつかパパに、えらいぞ、と言ってもらえるような人になってみせる」

その後、アブラームさん夫婦は、エミリーにウェイトレスとして働かないか、と声をかけた。アンシェルの母親は、死んだ夫がしていた仕事を、そのまま残された妻にさせようというのだから、無節操な話だ、と言ったが、ママンは、自分と息子にはお金が必要なことがわかっていたので、ありがたくこの話を受けた。

レストランは学校と家のちょうどあいだにあり、ピエロは毎日、午後を店の一階にある小部屋で、本を読んだり絵を描いたりしてすごした。部屋には従業員がふらりと入ってきて、休憩したり、客のうわさ話をしたりするのだが、なにかとピエロをかまってくれることも多かった。アブラームさんの奥さんは、いつもその日の日替わり定食をもってきてくれるし、デザートのアイスクリームもつけてくれた。

ピエロは四歳から七歳までの三年間、毎日、二階でママンが客に給仕をしているあいだ、その部屋にすわって午後をすごした。そして、口には出さないものの、毎日父親のことを思いだしていた。目の前にパパがいて、朝、制服に着がえ、一日の終わりにチップを数える姿を……。

何年もたって子ども時代をふりかえった時、ピエロは複雑な感情をおぼえた。当時、父親がいなくなったことはとても悲しかったが、友だちはたくさんいたし、学校も楽しく、ママンとの二人暮らしも幸せだった。パリはにぎやかで、通りという通りが、人々の活気でいつもさざめいていた。

しかし、一九三六年、母親のエミリーの誕生日、幸せな一日になるはずだったこの日は、悲劇の始まりの日となった。この日の夜、ブロンシュタインさん親子は、お祝いの小さなケーキをもって二階にやってきた。そして、ピエロとアンシェルが二切れ目をもぐもぐ食べている時、まったく思いがけず、ママンが咳(せ)きこみはじめた。ピエロは最初、ケーキが変なところに入ってしまったのだと思ったが、それにしては咳(せき)はなかなか止まらず、ブロンシュタインさんがもってきた水を飲んでようやくおさまった。だが、咳(せき)は止まったものの、目は充血しているようだったし、痛みがあるのか、ママンは片手で胸を押さえていた。

「だいじょうぶよ」いつもの息づかいにもどると、ママンは言った。「きっと風邪(かぜ)をひきかけてるんだわ、それだけ」

「でも、それは……」ブロンシュタインさんはママンが手にしたハンカチを指さし、みるみる青ざめていった。ピエロも目をやると、麻のハンカチの真ん中に小さな血の染みが三つあるのに気づき、ぽかんと口をあけた。ママンもその染みをじっと見ていたが、すぐにハンカチを丸めてポケットに突っこんでしまった。そして、両手を椅子の肘(ひじ)かけにおいてそろそろと立ちあがり、ドレスの乱れを整え、微笑(ほほえ)もうとした。

「エミリー、あなた、ほんとうにだいじょうぶ?」ブロンシュタインさんも立ちあがってたずねると、ママンはすかさずうなずいた。

「なんでもないわ。喉がはれてるんじゃないかしら。ただ、ちょっと疲れてるみたい。少し寝たほうがいいかもしれない。わざわざケーキまでもってきてくれて、あなたとアンシェルには悪いんだけど……」

「もちろん、かまわないわよ」ブロンシュタインさんは答えると、アンシェルの肩をたたき、ピエロが見たことのないようなせわしさで、玄関にむかった。「なにかいるものがあったら、床をふみならしてちょうだい。すぐに上がってくるから」

ママンは、その夜はもう咳きこまなかったし、数日間はなにごともなくすぎたが、その後、レストランで接客中に立っていられなくなったらしく、一階の部屋でピエロがウェイターの一人とチェスをしているところに運びこまれた。この時は顔が土気色で、ハンカチは染みがついたくらいではすまず、血で真っ赤に染まっていた。顔からは汗がしたたり、医者のシボー先生は、部屋に入ってきてひと目見るなり救急車を呼んだ。一時間もたたないうちに、ママンはオテルデュー・ド・パリ病院のベッドに横たわっていた。ママンを診察した医者たちは、声をひそめ、不安げに話しあっていた。

その夜、ピエロはブロンシュタインさんの家に泊めてもらい、ひとつベッドにアンシェルと頭と足の位置を逆にして横たわり、ダルタニャンは床の上で寝息をたてていた。もちろん、ピエロは不安でたまらず、その日のことをアンシェルと話したかったし、ピエロの手話ならそれくらいのことは伝えられたのだが、暗がりの中ではどうしようもなかった。

ピエロは一週間、毎日ママンを見舞いに行ったが、行くたびに息をするのがつらくなっているようだった。そして、日曜日の午後、ピエロがママンと二人きりでいる時、呼吸がしだいにおそくなり、やがてすっかり止まったかと思うと、ピエロの手をにぎっていた指から力がぬけていった。そして、ママンの頭が枕の上でがくりと横をむき、目はあいたままだったが、ピエロはママンが遠くへ行ってしまったのだとわかった。

ピエロはしばらくじっと椅子にすわっていたが、その後、立ちあがってベッドのまわりにそっとカーテンを引くと、椅子にもどってママンの手をにぎり、はなそうとしなかった。そこへようやく年配の看護婦がやってきて、なにが起きたのか見てとり、ママンの遺体は葬儀屋さんにわたす準備をするために別の場所に運んでいかなければならない、と告げた。ピエロはこれを聞いてわっと泣きだした。涙はいつまでもかれそうになく、看護婦がなぐさめようとしても、母親の遺体にしがみついてはなれなかった。ずいぶんたって、やっと落ちついたピエロは、全身が体の内側から引き裂かれてしまったように感じた。それまで味わったことのない苦しみだった。

「これをママンにもっていってもらいたいんだ」ピエロはそう言って、ポケットから父親の写真をとりだし、遺体の横においた。

看護婦はうなずき、必ずその写真を一緒にもっていってもらうから、と約束した。

「だれかあなたをつれにきてくれる家族はいるの？」看護婦はたずねた。

「いないよ」ピエロは答え、首を横にふった。まともに看護婦の目を見られなかったのは、そこに浮かんでいるかもしれないあわれみも無関心も見たくなかったからだ。「だれもいない。ぼくだけ。これで、ぼくはもうひとりぼっちだ」

第2章　飾り棚の中のメダル

年はひとつしかはなれていないが、シモーヌ・デュランもアデル・デュランも結婚したことがなく、姉妹での暮らしに満足しているようだった。ただ、二人には、似たところがまったくない。

姉のシモーヌは驚くほど背が高く、たいていの男性を見おろすほどだ。浅黒い肌に濃い茶色の瞳をしたとても美しい女性で、芸術を愛し、ピアノの前に何時間もすわって、演奏に没頭することがなにより好きだった。一方、アデルは、どちらかというと背が低いほうで、尻が大きく、血色が悪くて、よたよたと歩きまわる姿は、まるでアヒル、そう、鳥のアヒルに似ていた。アデルはじっとしていることがなく、姉よりずっと社交的だったが、頭の中に音符はひとつも入っていなかった。

姉妹は、パリから南に百三十キロほどはなれたオルレアンにある大きな館で育った。オルレアンは、五百年前、ジャンヌ・ダルクによって解放されたことで有名な町だ。二人は幼いころ、自分たちはフランス一の大家族なのだと思いこんでいた。なぜなら、二人のほかに生後数週間の赤ん坊から十七歳まで、五十人もの子どもが、館の三、四、五階にある共同寝室で寝起きしていたからだ。人なつこい子もいれば、怒りっぽい子、内気な子もいじめっ子もいたが、全員に共通していることがひとつあった。みな孤児だったのだ。子どもらの声や足音は、一階にある、姉妹が家族と暮らしている部屋にまで聞こえた。就寝時間前には話し声が聞こえてきたし、朝には、かん高い声をあげながら、冷たい大理石貼りの床の上を裸足(はだし)で駆けまわる軽やかな音が伝わってきた。だが、シモーヌとアデルは、孤児たちとひとつ屋根の下で暮らしてはいるものの、自分たちがほかの子どもたちと区別されていることをなんとなく感じていた。ただ、その理由がすっかりわかったのは、少し大きくなってからだった。

姉妹の両親、デュラン夫妻は、結婚後にこの孤児院を設立し、死ぬまで経営していたが、どの子を預かり、どの子を断わるかについて、とても厳格な方針をもっていた。二人が亡くなると、姉妹があとをつぎ、ひとりぼっちでこの世にとり残された子どもたちの世話にすべてを捧げてきた。そして、両親の方針を、いくつか大事な点で変えていた。

「身寄りのない子はだれでも受けいれます」そう宣言したのだ。「肌の色、人種、宗派を問いません」と。

シモーヌとアデルは互いのそばをはなれることがほとんどなく、毎日一緒に敷地の中を歩きまわっては花壇の様子を確かめ、庭師に指示を出した。外見以外にも、姉妹にはきわだったちがいがあった。アデルが朝目ざめた時から夜眠りにつく瞬間まで、しゃべるのをほとんどやめられないように見えるのに、シモーヌはめったに口をきかず、しゃべったとしてもふた言三言で、まるで息を吐くたびに体力が奪われるから、そんなむだなことはできないと思っているようだった。

ピエロがデュラン姉妹と会ったのは、母親が死んで、もうすぐひと月になるころだった。オーステルリッツ駅で列車に乗った時、ピエロは一番のよそ行きを着て、ブロンシュタインさんが前日の午後、餞別(せんべつ)としてギャラリー・ラファイエット百貨店で買ってくれた真新しいマフラーを巻いていた。ブロンシュタインさんとアンシェル、そしてダルタニャンが駅まで見送りに来てくれたが、ピエロは一歩歩くたびに心臓が胸の中で少しずつ沈んでいくような気がした。一人になるのはさみしくて不安だったし、心の中はママンが死んだ悲しみでいっぱいで、ダルタニャンやアンシェルも一緒に行ければいいのにと思っていた。じつは、葬儀が終わってからの数週間、ピエロはアンシェルの家で寝起きしていたのだ。そして、安息日(あんそくび)である土曜日には親子がつれだって礼拝に出かけるのを見送り、一緒につれていってもらえないか、とまでたずねたのだが、ブロンシュタインさんからは、今はそんなことはしないほうがいい、ダルタニャンをつれてシャン・ド・マルス公園でも散歩してきなさい、と言われてしまった。しばらくたったある日の午後、ブロンシュタインさんが家に友人をつれてきた。その時ピエロは、その人が、自分のいとこが「ジェンタイル」の男の子を養子にしたが、その子はすぐに家族にとけこんだ、と言っているのを耳にした。

「あの子がジェンタイルかどうかは関係ないのよ、ルツ」ブロンシュタインさんは答えた。「うちにはあの子を養っていくだけのお金がないの。余裕がないのよ。それが本音。レヴィはほとんどお金を遺してくれなかったわ。そうは見えないようにしてるけど、少なくともそのつもりだけど、夫を亡くして一人でやっていくのは大変なの。それに、今あるお金はアンシェルのためにとっておかなきゃならないし」

「まずは自分の子どものことを考えなきゃね。当然だわ」その女性は言った。「でも、だれかほかに面倒を見てくれる人は――」

「わたしだってさがしたわ。ほんとうよ。思いつくかぎりの人にあたってみた。でもわかるでしょ、あなただって……」

「うちは無理よ、ごめんなさい。このご時世でしょ。あなたも、たった今、そう言ったばかりじゃない。それに、わたしたちユダヤ人がパリで暮らしていくのはますます大変になっていくと思うわ。あの子は、自分の親と似た人たちのところで暮らすほうがいいんじゃないかしら」

「そうかもしれないわね。ごめんなさい、そもそも、あなたにきくべきことじゃなかったわ」

「いいのよ。あの男の子のために精一杯やってるんだもの。あなたらしいわ。いいえ、みんな精一杯やってるのよ。でも、できないものはできない。で、いつ本人に言うの？」

「今夜言おうかと思って。気が重いけどね」

ピエロはアンシェルの部屋にもどり、いったいどういうことだろう、と考えた。そして辞書をひき、

「ジェンタイル」が「非ユダヤ人」をさす言葉だと知ったが、それがなにとどう関係しているのかはわからなかった。ピエロはその部屋で長いあいだすわって、椅子の背にかけてあったアンシェルのヤムルカ（ユダヤ人男性が礼拝の時などにかぶる小さな帽子）をお手玉のように投げあげていた。そして、ブロンシュタインさんが話をしようと部屋に入ってきた時は、ちょうど頭にかぶったところだった。

「ぬぎなさい」ブロンシュタインさんはぴしゃりと言うと、手を伸ばしてヤムルカをつかみ、かけてあったところにもどした。ピエロは、この人からこんなにきつい口調でなにか言われたのは生まれて初めてだった。「こういうもので遊んではいけません。おもちゃじゃないのよ。神聖なものです」

ピエロはなにも言わなかったが、ばつの悪さと不満の入りまじった気分だった。礼拝につれていってもらえず、親友の帽子をかぶってもいけないと言われたのだから、どう考えても、ここにいてほしくないと思われているのは明らかだ。さらに、ブロンシュタインさんから、自分がどこへ送られるか聞かされると、もうまちがいないと思った。

「ほんとうにごめんなさいね、ピエロ」説明しおえると、ブロンシュタインさんは言った。「でも、この孤児院については、いい話しか聞いたことがないのよ。きっと楽しく暮らせるわ。そして、すぐにりっぱな家族が養子に迎えてくれるんじゃないかしら」

「でも、ダルタニャンは？」ピエロがそう言って下を見ると、小さな犬は床に寝そべって居眠りしていた。

「うちで飼ってあげるわ。骨が好きなのよね？」

「大好物だよ」

「アブラームさんのおかげで、骨はただで手に入るから。毎日、少しずつもっていっていいって言われてるの。アブラームさんと奥さんは、ピエロのお母さんのことをほんとうに気にかけていたから」

ピエロはなにも言わなかった。立場が逆だったら、ママンはきっとアンシェルを引きとっていただろう。ブロンシュタインさんは口ではいろいろ言ってるが、きっとピエロが「ジェンタイル」だということが、なにか関係しているにちがいない。とりあえず、この世の中でひとりぼっちになると思うと、ピエロは怖くてたまらなかった。そして、アンシェルとダルタニャンが一緒にいられるのに、自分にはだれもいないと思うと悲しかった。

〈手話を忘れないといいんだけど〉ピエロが手の動きでそう伝えたのは、出発の日の朝、ブロンシュタインさんが片道切符を買いに行っているあいだ、アンシェルと二人、駅のコンコースで待っている時のことだった。

〈おまえの今の手話は、自分が鳥の「ワシ」にならないといいんだけど、って意味だぞ〉アンシェルは笑いながら、正しい指の動かし方をやってみせた。

〈ほらな〉ピエロは答えながら、手話で使うさまざまな形をすべて宙に投げあげたら、それが正しい順

に自分の指におりてくればいいのに、と思っていた。〈もう忘れかけてる〉

〈そんなことないさ。習ってる途中だからだよ〉

〈おまえのほうがだんぜんうまい〉

アンシェルは微笑んだ。〈ぼくは使えないと困るから〉

機関車の煙室の弁から蒸気が噴きだす音がして、ピエロはふりかえった。発車を告げる車掌の笛の音がプラットホームの空気を切り裂き、ピエロは胃がひっくりかえるほどの不安をおぼえた。むろん、今から旅をすることに少し興奮してもいたが、列車が目的地に着かなければいいのに、とも願っていた。行きつく先でなにが待っているのか怖かったからだ。

〈手紙を出しあおう、アンシェル〉ピエロは手話で伝えた。〈やめちゃだめだぞ〉

〈毎週書こうな〉

ピエロは手話でキツネの印を、アンシェルは犬の印を、相手にむけて作り、二人の友情が永遠であることを示した。二人とも抱きあいたいところだったが、まわりに人が大勢いたので、少し恥ずかしくなって握手ですますと、ピエロはアンシェル親子に別れを告げた。

「さようなら、ピエロ」ブロンシュタインさんはそう言うと、身をかがめてピエロにキスをした。このころにはもう機関車のたてる音も大きくなり、行き交う人々のざわめきにものみこまれて、ブロンシュタインさんの声はほとんど聞きとれなかった。

「ぼくがユダヤ人じゃないからだよね？」ピエロはまっすぐにブロンシュタインさんの目を見て言った。「おばさんはジェンタイルがきらいで、一緒に暮らしたくないんだ」

「なにを言いだすの？」ブロンシュタインさんは体を起こし、ぎょっとした表情をした。「ピエロ、なぜそんなふうに思ったの？　わたしはそんなこと、これっぽっちも考えてなかったわ！　ともかく、あなたはかしこい子だから、町の人たちのユダヤ人を見る目が変わってきてるのはわかるでしょう？　悪口を言われ、みんなから反感をもたれているらしいってことは？」

「でも、もしぼくがユダヤ人だったら、おばさんはどうにかしてぼくをあの家においてくれたと思うんです。ぼくにはわかります」

「それはちがうわ、ピエロ。わたしはただ、あなたの身の安全を考えて――」

「乗車願います！」車掌の声が響いた。「最後のご案内です！　乗客の方は車内にお入りください！」

「さよなら、アンシェル」ピエロはそう言うと、ブロンシュタインさんに背をむけ、タラップを上がって車内に入っていった。

「ピエロ！」ブロンシュタインさんが叫んだ。「こっちへ来て！　説明させて。全部あなたの思いちがいよ！」

だが、ピエロはふりかえらなかった。パリでの暮らしはこれで終わりだ。それはもう変えられない。ピエロはドアをしめ、ひとつ深呼吸をして、新しい生活にむかって足をふみだした。

一時間半もたたないうちに、車掌がピエロの肩をたたき、ちょうど見えてきた教会の尖塔（せんとう）を指さした。「もうすぐだぞ」車掌はそう言って、ブロンシュタインさんがピエロの上着の襟（えり）にピンで留めてくれた紙を示した。紙には「ピエロ・フィッシャー」という名前と、「オルレアン」という目的地が大きな文字で黒々と書いてあった。「次がきみのおりる駅だ」

ピエロはごくりとつばを飲み、座席の下から小さな旅行かばんを引っぱりだした。ドアの前までたどりついたところで、列車はちょうど駅に入っていった。プラットホームにおりると、機関車の蒸気が薄れて消えるのを待ち、だれか迎えにきてくれていないか確かめた。急に不安になり、迎えがいなかったらどうしよう、と思った。だれに面倒を見てもらえばいいんだろう？　なにしろ、自分はまだ七歳の子どもだし、パリへ帰る切符を買うお金ももっていない。お腹がへったらどうしよう？　どこで寝ればいいんだろうか？　ぼくはいったいどうなるんだ？

だれかに肩をたたかれてふりかえると、赤ら顔の男が手を伸ばし、上着の襟（えり）に留めてあった紙を破りとって目の前に近づけてから、丸めて放りなげてしまった。

「迎えにきた」男は言うと、荷馬車にむかって歩きだしたが、ピエロは男をじっと目で追うだけで、その場を動かなかった。「早くしろ」男はふりむき、ピエロをにらんだ。「こっちは忙しいんだ。おまえはひまかもしれんがな」

「おじさんはだれなの？」ピエロは、のこのことついていく気はなかった。収穫時期で人手が必要などこかの農家にこき使われることになるかもしれないからだ。アンシェルが一度、そういう男の子の物語を書いたことがあって、結末では、登場人物がみんな不幸な目にあっていたっけ。

「わたしがだれか、って？」男はききかえすと、よくもまあ、そんな厚かましいことをきく小僧だ、と言わんばかりの笑い声をたてた。「すぐに馬車に乗らないと、おまえの皮をはいでなめす気満々でいる男さ」

ピエロは目をむいた。オルレアンに着いてまだ二、三分しかたっていないのに、もう暴力をちらつかせた脅迫にあっている。ピエロはきっぱりと首を横にふり、旅行かばんに腰かけた。「悪いけど、知らない人についていっちゃいけない、って言われてるんだ」

「心配するな、じきに知らない人じゃなくなるから」男がそう言ってにっこり笑うと、顔つきが少し人なつこくなった。五十歳くらいだろうか、レストランの店主だったアブラームさんに少し似ているが、ただ、ここ数日ひげをそっていないらしく、体に合っているとは言えない汚れた古い服を着ている。

「ピエロ・フィッシャーだろう？　襟(えり)につけた紙にはそう書いてあった。デュランさんたちにたのまれて迎えにきた。わたしの名前はウペールだ。ときどき、あそこの雑用をしてる。だから、駅へ孤児を迎えにくることもある。一人で来る子がいるからな」

「そうなんだ」ピエロはようやく立ちあった。「デュランさんたちが迎えにくると思ってたから」

「そんなことをしたら、あの小さな怪獣どものやりたい放題になる。ありえんね。もどってみたら、めちゃくちゃになってるだろうからな」男はピエロに近づき、かばんをもつと、それまでとちがう声の調子で言った。「いいかい、なにも怖がることはない。いいところだよ。二人はとても親切だし。デュランさんたちのことだがね。さあ、どうする？　一緒に来るかい？」

ピエロは周囲に目を走らせた。列車はもう駅を出て、先へ行ってしまったし、ピエロが立っているところからは、見わたすかぎり畑しか見えない。ほかにどうしようもなさそうだった。

「じゃあ、行くよ」ピエロは答えた。

一時間もたたないうちに、ピエロはきちんと整頓された事務所の中で椅子に腰かけていた。ものすごく大きな二つの窓からは、手入れの行きとどいた庭が見わたせる。デュラン姉妹は、まるで市場で商品の品定めをするみたいに、ピエロを頭のてっぺんから足の先までじろじろと見た。

「年はいくつ？」シモーヌはそう言うと、眼鏡をもちあげてピエロを観察した。そして手をはなすと眼鏡は落ち、紐(ひも)で首からぶらさがった。

「七歳」ピエロは答えた。

「七歳にはなってないでしょ、小さすぎるわ」

「ぼくは前から小さいんだ。でも、いつか大きくなってみせる」

「あら、そう？」シモーヌは疑わしそうに言った。

「すてきだわ、七歳だなんて」アデルはそう言うと、手をたたき、にっこり笑った。「この年ごろの子はみんな、毎日が楽しくて、見るものすべてが驚きなんですもの」

「アデル……」シモーヌが口をはさみ、片手を妹の腕にかけた。「この子は母親が死んだばかりなのよ。そんなに浮かれてはいないと思うけど」

「あら、そうね、そうだったわ」アデルはそう言うと、今度はとたんにまじめな顔つきになった。

「きっと、まだ悲しいでしょうね。つらいでしょう、愛する人を失うということは。ほんとにつらいわ。姉さんもわたしも、それはよくわかってるつもりよ。ただ、男の子はあなたくらいの年の時が一番かわいらしいって言いたかっただけ。十三、四になると、手に負えなくなってしまうから。ああ、あなたはそうはならないと思うけど。いい子のまま大きくなるんじゃないかしら」

「アデル……」シモーヌはまたおだやかな声で言った。

「ごめんなさい、だらだらしゃべってしまって。でも、これは言っておかないとね」アデルは、まるで今から部屋いっぱいに集まった荒っぽい工場労働者たちにむかって演説を始めるかのように咳ばらいをした。「ピエロ、あなたがここに来てくれてとてもうれしいわ。わたしたちはこの孤児院をひとつの小さな家族と思いたいのだけれど、その家族にとって、あなたがとても大切な存在になることはまちがいありません。それに、なんて凛々しい顔立ちなんでしょう！　そんなに青い瞳は特別よ。昔、そっくりの目をしたスパニエル犬を飼っていたことがあるの。もちろん、あなたを犬とくらべるわけじゃないのよ。それはあんまり失礼ですものね。ただ、あなたを見てると、その犬のことを思いだしてしまうわ、それだけ。シモーヌ、ピエロの目は、どこかキャスパーの目に似てると思わない？」

シモーヌは片方の眉を上げ、ちらりとピエロを見たが、首を横にふりながら、「いいえ」と答えた。

「あら、似てるわよ、そっくりじゃない！」アデルがあまりにうれしそうに言いきるものだから、ピエロは、この人は死んだ犬が人間に生まれかわったと考えているんだろうか、と思いはじめた。「さて、まず、すべきことをすませてしまいましょう」アデルは急に真剣な口調になった。「わたしたちは二人とも、あなたの最愛のお母様の身に起きたことを聞いて、とても残念に思いました。まだお若くて、しかもりっぱにあなたを養っていらっしゃったそうですから。しかも、お母様ご自身もつらい目にあってこられたというのに……。生きがいがたくさんおありだった方が、しかも、あなたが一番必要としている時に召されてしまうなんて、ひどく残酷なことに思えます。きっとお母様はあなたを深く愛していらっしゃったことでしょう。ねえ、シモーヌ、そう思わない？　フィッシャーさんは、ピエロをとても愛していたはずだと」

シモーヌは、台帳にピエロの身長や健康状態を細かく書きこんでいるところだったが、顔を上げて答えた。「たいていの母親は息子を愛しているものです。今さら口に出して言うことじゃないわ」

「それに、お父様も」とアデルは続けた。「数年前に亡くなられたそうだけど、ほんとうなの？」

「はい」ピエロは答えた。

「ほかに家族は？」

「いません。あの、パパには妹がいると思うんだけど、会ったことないです。うちには一度も来たことがないから。ぼくのことも、ママとパパが死んだことも、たぶん知りません。どこに住んでるか、ぼくは知らないし」

「まあ、それは残念ね！」

「ぼくはいつまでここにいなきゃいけないんですか？」ピエロはたずねたが、一方で、部屋に飾ってあるたくさんの写真や絵が気になった。机の上にはひと組の男女が写っている写真があったが、妙にあいだをおいておかれた椅子に腰かけていた。どちらもとても深刻な表情をしていたので、ピエロは、この人たちはけんかの最中だったんだろうか、と思った。そして、この二人がデュランさん姉妹の両親だということは、ひと目見てわかった。机の反対側の角に立ててあるもう一枚の写真には、二人の幼い少女が、あいだに立っているやや年下の男の子の手をにぎっている姿が写っていた。さらに、壁にかけられた写真は、フランス軍の軍服を着て、鉛筆で描いたような細い口ひげをたくわえた若い男の写真だった。横顔を写しているので、かかっている壁の位置からだと、ちょうど窓ごしに外の庭園を見つめているように見える。男の表情はどことなく悲しげだった。

「うちに来る孤児たちの多くは、着いてひと月かふた月で、ちゃんとした家庭に引きとられていくわ」アデルは答えると、ソファに腰かけ、身ぶりで、ピエロにとなりにすわるようにうながした。「子どもがほしくても自分たちの子が授からない、りっぱなご夫婦がたくさんいるのよ。それに、思いやりや慈しみの心から、血のつながった子どものほかに、もう一人子どもを迎えたいと思う人たちもね。人がどれほど親切になれるものか、決して見くびってはいけないわ、ピエロ」

「どれほど残酷になれるものかもね」シモーヌが机のむこうでつぶやいたので、ピエロは驚いてちらりと目をやったが、シモーヌは顔を上げなかった。

「二、三日とか、二、三週間しかここにいなかった子もいるのよ」アデルは姉の言葉を無視して続けた。「もちろん、もう少し長くいる子どもたちもいるわ。でも一度、あなたくらいの幼い男の子が、朝ここへ来て、昼前には出ていったことがあってね。いったいどんな子なのか、ちゃんと知るひまもなかったわ、ねえ、シモーヌ？」

「そうね」シモーヌは答えた。

「なんて名前だったかしら？」

「思いだせないわ」

「ま、それはどうでもいいけど」アデルは続けた。「要するに、いつ、だれが引きとられていってもふしぎじゃない、ってことなの。あなたにもそういうことが起きるかもしれないわ、ピエロ」

「もうすぐ五時だから」ピエロは答えた。「今日はもうないんじゃないかな」

「わたしが言いたいのは――」

「ずっと養子にならない人は？」

「えーっと、それはどういう意味かしら？」

「養子にもらわれていかなかった子どもはどれくらいいるの？」ピエロは言いなおした。「大人になるまでここで暮らす子は」

「ああ」アデルの顔から笑みが少し引いた。「それは、正確に何人というのはむずかしいわね。もちろん、そういうことだってときどきあるわ。でも、あなたの場合はまずだいじょうぶ。どんな家族だって、喜んであなたを引きとってくれるでしょうよ！　でも、今から先のことを心配するのはやめましょう。あなたがどれだけここにいても、あるいは、すぐにいなくなるとしても、ここでの暮らしができるだけ楽しいものになるように考えてあげるわ。とりあえず大切なのは、あなたがここになじんで、新しい友だちを作って、ここが自分の家だと感じられるようにすること。孤児院でどんなことがあるか、いやな話をいろいろ聞いてきたかもしれないけど、それはね、ピエロ、ひどい話をする人がたくさんいるからなのよ。それに、昔、ディケンズというとんでもないイギリス人がいて、その人が書いた小説のおかげで、孤児院の評判が地に落ちてしまったの。でも、安心していいわ、ここでは人に言えないようなことはなにひとつしてないから。わたしたちはこの院を、すべての子どもたちにとって楽しい家になるよう運営しているし、もし、少しでも怖い思いやさみしい思いをしたら、シモーヌかわたしをさがしてちょうだい。そしたら、すぐに助けてあげるから。そうよね、シモーヌ？」

「アデルはどこにいても、たいていすぐわかるわ」

「ぼくはどこで寝るの？」ピエロはたずねた。「自分の部屋がもらえるんですか？」

「まさか」アデルが答えた。「シモーヌやわたしでさえ、専用の寝室はないのよ。ここはヴェルサイユ宮殿じゃないんですから！　寝室は共同です。もちろん、男子用と女子用に分かれているから、よけいな心配はいりません。ひと部屋にベッドが十台あって、あなたが寝る部屋は、今は少しすいていて、あなたを入れて七人だけよ。空いているベッドから好きなのを選べばいいわ。ただし、一度選んだら変えてはいけません。そうすれば洗濯が楽になるから。シャワーは毎週水曜日の夜。ただし――」ここでアデルは身を乗りだし、小さく鼻を鳴らしてにおいをかいだ。「今夜も浴びたほうがよさそうね。とりあえず、パリのほこりと列車でついた汚れを洗いおとしてちょうだい。少しにおうわ。起床は六時半、それから朝食、授業、昼食、また少し授業、それからゲーム、夕食、就寝。ここが好きになるわよ、ピエロ。きっと好きになる。そして、わたしたちは精一杯がんばって、あなたにふさわしい家族を見つけてあげます。この仕事のおかしなところは、あなたたちがやってきた時もとてもうれしいけど、出ていく時のほうがはるかにうれしいことね。そう思わない、シモーヌ?」

「そうね」シモーヌは答えた。

アデルは立ちあり、ピエロにむかって、孤児院の中を案内してあげるからついておいで、と言った。だがピエロは、戸口にむかって歩いていく途中、小さなガラス製の飾り棚の中でなにかが光っているのに気づき、近づいていった。ガラスに顔を押しつけ、目をこらしてのぞきこむと、中央に人の顔が描かれた青銅製のメダルが、赤と白の縞(しま)模様の生地でできたリボンで吊(つ)りさげられていた。リボンには、やはり青銅製の留め金がついていて、「志願兵」ときざまれている。戸棚の手前には小さなロウソクと、写真がもう一枚立ててあり、さっきのものより小さかったが、写っているのは細い口ひげを生やしたあの男性で、駅から出ていく列車から笑顔で手をふっているところだった。ピエロはすぐに、どこの駅のプラットホームかわかった。今日、ついさっき自分がパリから来た列車をおりたのと同じプラットホームだったからだ。

「あれはなに?」ピエロはメダルを指さして言った。「これはだれ?」

「あなたには関係ないわ」シモーヌはそう言って、今度は椅子から立ちあがった。ピエロはさっとふりむき、シモーヌが真剣な表情を浮かべているのを見て、少し緊張した。「絶対にそれにさわったり、いたずらをしたりしてはいけませんよ。アデル、その子を寝室へつれていってちょうだい。さあ、早く!」

第3章　友だちからの手紙と知らない人からの手紙

孤児院での暮らしは、アデル・デュランがほのめかしていたほどバラ色ではなかった。ベッドは固くて、シーツは薄かった。食事の量が多い時はたいていまずく、少ない時に限っておいしい。

ピエロはみんなとなかよくしようとしたが、ほかの子どもたちがすでにお互いのことをよく知り、新入りを仲間に入れることに慎重だったので、そう簡単ではなかった。本を読むのが好きな子も何人かいたが、ピエロはその子たちと同じ本を読んでいなかったので、話の輪に入れてもらえなかった。近くの森で集めてきた木で、何か月もかけてミニチュアの村を作っている子どもたちがいたが、その子たちは首を横にふり、角度定規と木口(こぐち)用かんなのちがいもわからないピエロに、自分たちがこれまで一生懸命作ってきたものをこわさせるわけにはいかない、と言った。毎日、午後、運動場でサッカーをしていた男の子たちは、それぞれ好きなフランス代表選手の名前を名乗っていたのだが――たとえば、クルトワ、マットレ、デルフールといったように――、一度だけ、ピエロをゴールキーパーとして使ってくれた。ところが、ピエロのいたチームが〇対十一で負けてしまうと、ピエロの身長じゃ高めのシュートをジャンプして止められないし、ほかのポジションはもう埋まっている、と言われてしまった。

「悪いな、ピエロ」男の子たちは言ったが、とてもそう思っているようには聞こえなかった。

一人だけ、ピエロとよく一緒にいてくれる子がいて、それはジョゼットという、ピエロよりひとつか二つ年上の女の子だった。この子が孤児院にやってきたのは三年前、両親がトゥールーズ近くで起きた列車事故で亡くなったあとのことだった。ジョゼットはすでに二度養子にもらわれたことがあったが、二度とも、引きとった家族が、この子はわが家にとって「混乱のもと」だと決めつけ、まるで不要になった品物のように送りかえされていた。

「最初の夫婦はひどかったよ」ジョゼットがピエロにそう言ったのは、ある朝、ならんで木の下に腰をおろしている時で、二人のつま先は露でぬれた草に隠れていた。「わたしのことを、ジョゼットって呼ぶ気がないんだ。前からマリー＝ルイーズって名前の娘がほしかった、って言ってさ。二組目の夫婦は、お金をはらわずにすむ女中がほしかっただけ。朝から晩まで、シンデレラみたいに、わたしに床をみがかせたり、皿洗いをさせたりしたんだ。だから、帰してくれるまであばれてやった。とにかく、わたしはシモーヌとアデルが好きだから」ジョゼットは続けた。「いつかまた、養子にもらわれてやってもいいとは思ってるけど、でも、まだ先の話だろうな。わたしはここにいれば、なんの文句もないから」

孤児たちの中で一番たちが悪いのは、ユゴーという男の子だった。ユゴーは生まれてからの全人生を、つまり十一年間をこの孤児院ですごし、デュラン姉妹が預かっている子どもたちの中で一番大事にされているだけでなく、一番恐れられている子どもだった。肩に届くほどの長髪で、ピエロと同じ寝室で寝ている。しかもピエロは、ここにやってきた日に、ユゴーのとなりのベッドを選ぶという失敗をしていた。ユゴーはいびきがひどくて、ピエロはその音が聞こえないよう、ふとんにもぐりこまなきゃならない時もある。ピエロは夜寝る時、少しは助けになるんじゃないかと思って、ちぎった新聞紙を耳につめるようにさえなっていた。シモーヌとアデルはユゴーを一度も養子に出そうとしたことがなく、子どもたちを見にやってくる夫婦がいると、ユゴーは部屋に残り、ほかの孤児たちのように顔を洗ったり、きれいなシャツを着たり、やってきた大人たちに笑顔を見せるようなことは一度もなかった。

ユゴーはほとんど一日中、廊下をうろついて、いじめる相手をさがしていた。そして、ピエロは小さくてやせているので格好の標的にされた。

いじめの方法はいくつかあったが、どれもみな、さほど手のこんだものではなかった。たとえば、ピエロが寝るのを待って、左手をボウルに入れたぬるま湯につける。するとピエロは、三歳になるまでにほとんどしなくなっていたあることをしてしまう。あるいは、授業の時にピエロが腰をおろそうとすると、椅子の背をうしろに引いて、先生に叱られるまでピエロをすわらせないこともある。また、シャワーのあとにタオルを隠してしまうことがあって、そうするとピエロは顔を赤らめて寝室まで駆けもどるはめになり、部屋ではほかの男の子たちに指をさされて笑われるのだった。ユゴーはときおり、使い古された、でもその分、効果てきめんの手を使うこともある。つまり、ピエロが角を回ってやってくるのを待ちぶせし、いきなり飛びかかって髪の毛を引っぱり、腹にパンチを食らわせるのだ。そして、服が破れてあざのできたピエロを残し、どこかへ行ってしまう。

「だれがあなたをこんな目にあわせてるの?」ある日の午後、アデルは、ピエロが湖のほとりに一人で腰をおろし、腕の切り傷を調べているところを見つけて言った。「ピエロ、わたしがどうしても見すごせないことをひとつあげろと言われたら、それはいじめなのよ」

「アデルには言えない」ピエロはうつむいたまま、目を上げられなかった。告げ口は好きじゃない。

「でも、言ってくれないと」アデルは引きさがらなかった。「でないと、あなたを助けたくても、わたしにはなにもできないわ。ローランかしら? あの子は前にもこういうもめごとを起こしたことがあるのよ」

「ちがう。ローランじゃない」ピエロは首を横にふった。

「じゃ、シルヴェストル? あの子はいつも、よからぬことを企んでますからね」

「ううん。シルヴェストルでもない」

アデルは顔をそむけ、大きなため息をついた。「ユゴーなのね?」アデルがそう言ったのは、長いあいだだまりこんだあとのことで、声の調子から、ピエロは、アデルが最初からユゴーだとわかっていたのに、そうでないことを願っていたのだと気づいた。

ピエロはなにも言わず、ただ右の靴先で蹴った小石が、土手をころがりおち、湖面の下に消えていくのを見ていた。「部屋にもどってもいい?」ピエロは言った。

アデルはうなずいた。ピエロは庭を横切って歩きながら、アデルの視線が自分の背中を追っているのを感じていた。

翌日の午後、ピエロは、ジョゼットと二人で孤児院の敷地内を歩きながら、数日前に見つけたカエルの親子がまだいるかどうかさがしていた。その途中で、ピエロは、その日の朝受けとったアンシェルからの手紙のことを話した。

「お互い、手紙にはどんな話を書くの?」ジョゼットは手紙というものをもらったことがないので、興味津々(しんしん)のようだった。

「アンシェルはぼくの犬を預かってくれてるんだ。ダルタニャンっていうんだけどね」ピエロは答えた。「だから、アンシェルはその犬のことを書いてくる。それから、ぼくが生まれ育った通りでなにがあったか知らせてくれる。近くで暴動があったらしい。よかったよ、ぼくはこっちにいて」

ジョゼットは一週間前にその暴動の記事を読んでいたが、記事には、すべてのユダヤ人はギロチンで処刑すべきだ、とはっきり書いてあった。でも、ほかにもあちこちの新聞がユダヤ人を非難し、みんないなくなればいい、という趣旨の記事をどんどん載せるようになっていて、ジョゼットはどの記事も熱心に読んでいた。

「それから、アンシェルは物語を送ってきてくれる」ピエロは続けた。「なぜって、あいつは将来——」

最後まで言い終わらないうちに、ユゴーと二人の仲間、ジェラールとマルクが、木立の陰から木の枝を手に姿を現わした。

「へえ、だれかと思えば」ユゴーはにやりと笑うと、手の甲で鼻をこすり、糸を引く汚らしいものをぬぐった。「幸せそうなフィッシャー夫妻じゃないか」

「あっち行ってよ、ユゴー」ジョゼットがそう言って、横を通りぬけようとすると、ユゴーはぴょんと跳んで行く手をさえぎり、首を横にふって、胸の前に二本の枝で✕印を作った。

「ここはおれの土地だ。無断で通りぬけるやつには罰金をはらってもらう」

ジョゼットは、男の子というのはどうしてこんなに面倒くさいんだろう、というように、大きくため息をついたが、腕組みをして正面からユゴーをにらみつけたまま、その場を動こうとしなかった。ピエロは、こんなところへ来なきゃよかったと思いながら、あとずさりした。

「わかったわ」ジョゼットは言った。「罰金はいくら?」

「五フランだ」ユゴーは答えた。

「あと払いにしといて」

「なら、利息をとらなきゃな。はらうまで毎日一フラン追加だ」

「いいわよ。百万フランになったら知らせて。そしたら銀行に連絡して、あんたの口座にふりこんでもらうから」

「ふん、それで利口ぶってるつもりか？」ユゴーはそう言って、くるりと目を回した。

「あんたより利口なのはまちがいないわ」

「よく言うぜ」

「ジョゼットはかしこいよ」ピエロは口をはさんだ。なにか言わないと、臆病者に見られてしまうと思ったのだ。

ユゴーは薄笑いを浮かべてピエロを見た。「ガールフレンドの味方をしてやらなきゃ、ってわけか、フィッシャー？　よっぽどジョゼットのことが好きなんだな」ユゴーは口を突きだしてキスの音をまね、背をむけて腕を自分の胴に回すと、左右の手を体の横で上下にもぞもぞと動かしてみせた。

「自分がどれだけばかに見えてるか、わかってるの？」ジョゼットが言ったので、ピエロはユゴーを怒らせてはいけないとわかっていたのに、思わず笑ってしまった。侮辱されたユゴーは、いつも以上に顔を真っ赤にした。

「おれにむかって生意気な口をきくな」ユゴーはそう言うと、手を伸ばし、枝の先でジョゼットの肩口をぐいと突いた。「ここではだれが一番えらいか忘れるなよ」

「へーえ」ジョゼットは大きな声で言った。「あんた、自分が一番えらいと思ってるの？　けがらわしいユダヤ人が人の上に立てるわけないじゃない」

ユゴーは少しうつむいて額にしわをよせ、戸惑いと落胆のまじった顔をした。「なんでそんなこと言うんだ？　おれは遊びのつもりで言っただけなのに」

「遊びの時なんてないくせに」ジョゼットは、ユゴーを追いはらうように手をふった。「でも、しかたないのよね。そういうふうに生まれついてるんだから。なにを言ったって、ブタはブーブー鳴くしかないんだもの」

ピエロは眉をひそめた。じゃあ、ユゴーもユダヤ人なのか？　ジョゼットのせりふに笑いたかったが、以前、クラスの男の子たちがアンシェルにむかって言ったことや、それを聞いたアンシェルがどんなに怒ったか思いだしていた。

「ピエロ、どうしてユゴーがこんなに髪を伸ばしてるかわかる？　それはね、あの下に角が生えてるからよ。髪を切ったら、みんなに見えちゃうでしょ」

「やめろ」ユゴーの口調からは、さっきまでのふてぶてしさが消えていた。

「パンツをおろしたら、きっとしっぽが出てくるわよ」

「やめろ！」ユゴーは今度は少し大きな声でくりかえした。

「ピエロはユゴーと同じ部屋で寝てるのよね。寝間着に着がえる時、しっぽを見たことがあるんじゃない？」

「すごく長くて、うろこがあるんだ」ピエロは、ジョゼットが会話の主導権をにぎっていたので、少し気が大きくなっていた。「ドラゴンのしっぽみたいにさ」

「ユゴーと同じ部屋で寝なきゃいけないのはおかしいんじゃない？」ジョゼットは続けた。「そういう人とは交わらないのが一番。みんなそう言ってるもの。この孤児院にも何人かいるから、その人たちだけの部屋を作ればいいのよ。ここから追いだしちゃってもいいし」

「だまれ！」ユゴーはどなり、ジョゼットに殴りかかっていった。そして、ちょうどジョゼットが飛びさがったところへ、ピエロがあいだに割って入ったので、ふりまわしたユゴーのこぶしが、ピエロの鼻にまともにあたってしまった。バキッ、といやな音がして、ピエロは地面に倒れた。上唇からだらだらと血が流れている。ジョゼットは悲鳴をあげ、ピエロは「あぁぁぁ――！」とうめいた。ユゴーは驚いてあんぐり口をあけたかと思うと、背をむけて木立の中へ消えていった。ジェラールとマルクがあとを追って走っていく。

ピエロは顔に妙な感覚をおぼえた。痛くてどうしようもないという感じではない。どちらかというと、すごく大きなくしゃみが出そうな時に似ている。だが、しだいに目の奥がズキズキしはじめ、口の中はからからに乾いていた。見あげると、ジョゼットは両手で頬をはさんで茫然としていた。

「だいじょうぶだよ」ピエロはそう言って立ちあがりはしたものの、脚に力が入らなかった。「ただのかすり傷さ」

「そんなことないわ。すぐにシモーヌとアデルのところへ行かなきゃ」

「だいじょうぶだよ」ピエロはくりかえし、片手で顔をさぐり、鼻がいつものところにあるのを確かめた。だが、手をおろしてみると指が血まみれだったので、ピエロは目をむいて、その指を見つめた。そして、ママンが誕生日のお祝いの席で、ハンカチを口もとからおろしたら、やはり血が点々とついていたことを思いだした。「たいへんだ」そう言ったとたん、目の前の森全体が回りはじめ、脚の力がぬけて地面に倒れ、そのまま意識が遠のいていった。

気がつくとピエロは、デュラン姉妹の事務室のソファに寝かされていたので驚いた。シモーヌが流しの前に立ち、蛇口から出る水でタオルをぬらしている。タオルをしぼったシモーヌは、途中で立ち止まってちょっと壁の写真を直し、それからピエロの前へ来て、タオルを鼻柱の上にのせた。

「気がついたのね」シモーヌは言った。

「なにがあったの?」ピエロはたずね、両肘をついて体を起こした。頭が痛むし、口の中はまだ乾いていて、ユゴーに殴られた鼻の上あたりが焼けるように熱くて妙な感じだ。

「折れてはいないわ」シモーヌは答え、すぐ横においた椅子に腰かけた。「最初は折れてると思ったんだけど、折れてはいない。ただ、二、三日はかなり痛むでしょうし、はれが引くと目のまわりが黒いあざになるかもしれないわね。それが見たくないのなら、しばらくは鏡の前に立たないほうがいいわ」

ピエロはごくりとつばを飲み、水が欲しい、と言った。この孤児院に来て数か月たつが、今までシモーヌから一度にこれだけたくさんの言葉を聞いたことはない。いつもは、ほとんど口をきかない人なのだ。

「ユゴーにはわたしから話しておきます」シモーヌは続けた。「あやまりなさいって。そして、あなたが二度とこういう目にあわないようにします」

「ユゴーじゃないんだ」ピエロは弱々しい声ではあったが、そう言った。痛い思いはしているが、それでも、自分のせいでだれかが叱られるのはいやだ。

「いいえ、ユゴーです」シモーヌは答えた。「ジョゼットが教えてくれたし、そうでなくても想像はついていたでしょう」

「どうして、ユゴーはぼくのことをきらうの？」ピエロは小声でたずね、シモーヌを見あげた。

「あなたのせいじゃないわ。わたしたちが悪いのよ。アデルとわたしが……。あの子のあつかい方をまちがえてしまったの。それも、何度も」

「でも、シモーヌさんたちはユゴーの面倒を見てるじゃないか」ピエロは言った。「ぼくらみんなを預かってくれてるよ。だれもほんとうの家族じゃないのに。ユゴーはシモーヌさんたちにお礼を言わなきゃ」

シモーヌは指で椅子の横を軽くたたきながら、秘密を明かしていいものかどうか考えているようだった。「じつは、あの子は家族なの。わたしたちの甥よ」

ピエロは驚き、目を丸くした。「へえ、知らなかった。ぼくらと同じように孤児なんだと思ってた」

「ユゴーの父親が死んだのは五年前。母親は……」シモーヌは頭をふり、目に浮かんだ涙をぬぐった。

「わたしたちの両親が、あの子の母親にひどい仕打ちをしてね。人を判断するのに、とてもばかげた時代おくれの見方をする人たちだったから。最後には母親を追いだしてしまったの。でも、ユゴーの父親はわたしたちの弟のジャックだから」

ピエロは二人の少女が、小さな男の子と手をつないで立っている写真と、フランス軍の軍服姿の細い口ひげを生やした男の顔写真にちらりと目をやった。

「ユゴーのお父さんはどうしたの？」ピエロはたずねた。

「刑務所で死んだわ。ジャックは、ユゴーが生まれる数か月前から服役していたのよ。だから息子の顔を見ることさえできなかった」

ピエロは考えた。知り合いで刑務所に入ったことのある人はいない。『鉄仮面』という物語で、ルイ十四世の弟フィリップの話を読んだのはおぼえている。フィリップは罪をおかしていないのにバスティーユ監獄にとじこめられていた人物で、ピエロはそんな運命を想像しただけで悪い夢を見たものだ。

「なぜ刑務所に入れられたの？」

「弟は、あなたのお父さんと同じように、第一次大戦で戦ったの」シモーヌは話しはじめた。「戦争が終わったあと、ふつうの暮らしにもどれた人もいたけれど、多くの人が――大多数だとわたしは思っているんだけど――、自分が見たものや、したことの記憶と折りあいがつけられなかったのね。もちろん、二十年前のあの戦争が人の心に残した傷を、世の中の人たちに理解してもらうために、できるかぎりのことをしてきたお医者さんたちがいます。ここフランスではジュール・ペルソワンヌ医師、イギリスではアルフィー・サマーフィールド医師のお仕事を思いうかべればわかるわ。この二人は、わたしたちの前の世代がどれほど苦しんだか、そして、なぜ彼らを助ける責任がわたしたちにあるのかを人々に理解してもらうことを一生の仕事にしたのです」

「ぼくのお父さんもそうだった」ピエロは言った。「ママンはいつも、パパは第一次大戦で戦死したわけじゃないけど、あの戦争がパパを殺したんだ、って言ってた」

「そうよ」シモーヌはうなずいた。「お母様の言いたかったことはわたしにもよくわかる。ジャックもそうだったから。あの子はとても活発で明るい、非の打ちどころのない男の子だった。あんなにやさしい子はいなかった。なのに、あのあと、家に帰ってきた時は……別人のようだった。そして、ひどいことを何度かしたわ。でも、あの子は名誉と思って国のためにつくしてきたのよ」シモーヌは立ちあがり、ガラス製の飾り棚の前まで歩いていくと、正面の小さな掛け金をはずし、ピエロがここに来た日にじっと見ていたあのメダルをとりだした。「手にとってみる?」シモーヌはそう言ってメダルをさしだした。

ピエロはうなずき、メダルを両手でそっと受けとると、表に浮き彫りにされた肖像を指でなでた。

「あの子は勇敢に戦った印にそれをもらったの」シモーヌはそう言うと、メダルを引きとり、飾り棚の中にもどした。「今となっては、それだけがあの子の形見だわ。帰ってきてからの十年間、ジャックは何度も刑務所に入った。アデルとわたしはよく面会に行ったけど、いやでたまらなかった。あの子があんな恐ろしいところにいて、心の平和を犠牲にしてまでつくした国から、あんなにひどいあつかいを受けているのを見るなんて……。悲劇だった。わたしたちだけでなく、多くの家族にとっての悲劇でした。あなたのご家族もそうでしょう、ピエロ?」

ピエロはうなずいたが、なにも言わなかった。

「ジャックは刑務所で亡くなり、わたしたちは、その後もユゴーの世話をしてきました。数年前、わたしたちはユゴーに、わたしたちの両親があの子の母親にどんな仕打ちをしたか、そして、この国があの子の父親をどうあつかったたか、話してきかせました。もしかしたら、あの子はまだ幼すぎたのかもしれません。もう少し大きくなるまで待つべきだったのでしょう。ユゴーは今、胸のうちに激しい怒りをかかえていて、残念なことに、その怒りがほかの子どもたちへの態度に表われてしまいます。でも、あんまりあの子に冷たくしないでね、ピエロ。もしかしたら、あの子がよくあなたをいじめるのは、自分との共通点が一番たくさんあるからなのかもしれないわ」

ピエロは言われたことを考え、ユゴーに同情しようと思ったが、簡単ではなかった。シモーヌの言うとおり、二人の父親は似たような体験をしたのだろうが、ピエロ自身は、ユゴーのようにだれかれかまわず、人に迷惑をかけているわけではないのだから。

「でも、終わったよね」ようやくピエロは口をひらいた。「戦争は……。もう戦争は起きないんでしょう？」

「だといいわね」シモーヌが答えたとたん、事務室のドアが勢いよくひらき、アデルが、手にした手紙をふりかざして入ってきた。

「ここにいたのね！」アデルはシモーヌからピエロへと視線を移しながら言った。「あなたたちをさがしてたのよ。まあ、ピエロ、いったいどうしたの？」アデルは腰をかがめ、ピエロの顔のあざを調べた。

「けんかしたんだ」ピエロは言った。

「勝った？」

「ううん」

「ああ、それは残念。でも、これで元気が出るわ。いい知らせが届いたの。あなたはもうすぐ、ここから出ていくことになります」

ピエロは驚き、姉妹の顔を順に見た。「ぼくを欲しいっていう家族が見つかったの？」

「ただの家族じゃないわ」アデルは微笑んだ。「あなたの家族。血のつながった家族よ」

「アデル、どういうことか説明してちょうだい」シモーヌはそう言うと、近づいていって妹の手から手紙をとり、封筒の表に目を走らせた。そして消印に気づき、「オーストリア？」と驚いた声で言った。

「あなたのおばさんのベアトリクスからの手紙よ」アデルはピエロを見て言った。

「でも、一度も会ったことがないのに！」

「おばさんはあなたのことをなんでも知ってるわ。読んでごらんなさい。お母様の身になにがあったのか、ごく最近知ったらしくて、あなたに来てほしいと書いてあるわ。一緒に暮らしましょう、って」

第４章　三本の列車を乗りついで

オルレアンで手をふってピエロを見送る前に、アデルはピエロにサンドイッチの包みをわたし、ほんとうにお腹がすくまで食べちゃだめよ、と言った。これで旅の最後までもたせなきゃならないのだし、十時間以上かかるはずだから、と。

「ほら、乗りかえ駅の名前を三つ全部、胸に留めてあげましたからね」アデルはピエロのまわりをかいがいしく動き、上着の襟に三枚の紙片がピンでしっかり留まっていることを確かめた。「ひとつずつ順番に、紙に書いてある駅に着いたら、必ずおりて次の列車に乗りかえるんですよ」

「これをもっていって」シモーヌが自分のかばんに手を入れると、茶色い紙でていねいに包んだ小さな別れのプレゼントをピエロにわたした。「二人で考えたんだけど、これがあると退屈しないですむんじゃないかしら。わたしたちのところですごしたこの数か月を思いださせてくれるはずよ」

ピエロは姉妹の頬にキスし、二人が自分のためにしてくれたことにお礼を言うと、列車に乗りこみ、幼い男の子をつれた女性の先客がいる客室を選んだ。ピエロが席につくと、その女性は、子どもと二人だけで占領したかったのに、と言わんばかりに、いらついた表情でピエロをにらみつけたが、だまって新聞に目をもどし、男の子は横においてあった菓子袋をつかんでポケットに入れた。列車が動きだしたので、ピエロは窓際にすわり、シモーヌとアデルに手をふってから、上着の襟に留めてある一枚目の紙に目を落とした。そして、その言葉をゆっくりと声に出して読んでみた。

マンハイム。

ピエロは前の晩、ほかの子どもたちに挨拶したが、ピエロがいなくなるのを残念そうにしていたのはジョゼットだけだった。

「ほんとうは養子にしてくれる家族が見つかったんじゃないの?」ジョゼットは言った。「わたしたちに気をつかってるだけなんじゃない?」

「ちがうよ」ピエロは答えた。「おばさんから来た手紙を見せてやろうか?」

「じゃあ、おばさんはどうやってピエロがここにいることを突きとめたの?」

「アンシェルのお母さんが、ママンの持ち物を整理していて住所を見つけたんだ。そして、手紙でベアトリクスおばさんになにがあったか知らせて、孤児院のことをくわしく説明してくれたみたい」

「で、おばさんはピエロと一緒に暮らしたがってるの?」

「うん」

ジョゼットは頭をふった。「おばさんは結婚してる？」

「してないと思う」

「じゃ、なにしてるの？　どうやって生活してるの？」

「家政婦だよ」

「家政婦ですって？」

「うん。なにかまずいの？」

「別にまずくはないわよ、ピエロ、それ自体はね」ジョゼットは答えた。それ自体は、という表現はつい最近本で読んで以来、使う機会をうかがっていたのだ。「もちろん、ちょっとブルジョワくさいけど、ピエロにはどうしようもないもんね。おばさんが働いてる家にはどういう家族が住んでるの？　どんな人たち？」

「家族じゃないんだ。男の人が一人だけ。それで、ぼくがさわがなかったらかまわない、って言ってくれたらしい。おばさんの話だと、その人、しょっちゅうその家にいるわけじゃないんだってさ」

「ふーん」ジョゼットは無関心なふりをしていたが、内心は、自分も一緒に行けたらいいのにと思っていた。「いつでももどってきていいんだよ、うまくいかなかったら」

ピエロは飛びすぎていく景色をながめながら、この時のやりとりを思いだし、かすかな不安をおぼえた。たしかに、ベアトリクスおばさんが何年ものあいだ一度も連絡をくれなかったことは奇妙だ。なにしろ、その間、ピエロの誕生日とクリスマスが七回もあったのだから。でも、もちろん、おばさんとママンは仲が悪かった可能性はある。おばさんとピエロの父親のあいだにいろいろなことがあったあとはとくにそうだ。それでもピエロは、今は不安を胸の内から追いだし、目をつむって少し居眠りしようと思った。ところが、年老いた男が客室に入ってきて、四つある座席の残りのひとつにすわったので、また目をあけてしまった。ピエロは体を起こし、腕を伸ばしてあくびをしながら、ちらりと老人に目をやった。丈の長い黒い上着に、黒いズボン、白いシャツを着て、頭の左右に伸ばした黒い巻毛をたらしている。杖をついているので、足が不自由なのはひと目でわかった。

「もうがまんできないわ」老人のむかいの席にすわっていた女性は新聞をとじ、頭をふった。口にしたのはドイツ語で、ピエロの頭のどこかでスイッチが入り、父親といつも話していたこの言葉を思いだした。「まったく、ほかに席はないの？」

老人は首を横にふった。「ええ、どの客室もいっぱいで……」言葉づかいはていねいだった。「でも、こちらはひとつあいているようですから」

「悪いけど、そういうわけにはいきません」女性はきつい口調で言った。

そして言いおえると立ちあがり、客室を出てつかつかと廊下を歩いていった。ピエロは驚いて客室を見まわし、席があいているのに、どうしてあの女の人はそこに人がすわることに文句が言えるんだろう、と思った。老人はしばらく窓の外をながめてから、大きなため息をついたが、座席においたかばんを棚に上げようとしないので、かばんはピエロと老人のあいだをふさいでいた。

「手伝いましょうか？」ピエロはたずねた。「ぼく、そのかばん、もちあげられます」

老人は微笑み、首を横にふった。「そんなことをしても二度手間になるだけだよ。でも、声をかけてくれてありがとう」

そこへ女性が車掌をつれてもどってきた。車掌は客室の中を見まわすと、老人を指さした。「おい、来るんだ」車掌は言った。「外に出ろ。通路に立てばいいだろう」

「でも、この席あいてますよ」ピエロは言った。たぶんこの車掌さんは、ピエロが父親か母親と旅行中で、老人がその席をとってしまったと思いこんでいるんだろう。「ぼくは一人だから」

「出ろ。今すぐにだ」車掌はピエロの話に耳を貸さず、くりかえした。「立て、おいぼれ。さもないと面倒なことになるぞ」

老人はなにも言わずに立ちあがり、そろそろと杖を床につくと、旅行かばんをもち、とても威厳のある態度で、ゆっくりと足を運びながら通路へ出ていった。

「申しわけありませんでした」老人が出ていくと、車掌は女性のほうにむきなおってそう言った。

「あの人たちには気をつけてもらわないと」女性はぴしゃりと言った。「息子もいるんですからね。この子をああいう人たちのそばにおくわけにはいきません」

「申しわけありません」車掌がくりかえすと、女性は不機嫌そうに鼻を鳴らし、まるで世界中の人たちが手を組んで自分をわずらわせようとしていると言わんばかりだった。

ピエロはこの女性に、なぜあの老人を追いだしたのかききたかったが、怖い人だとわかったので、なにか言えば自分も追いだされるかもしれないと思った。そこで顔をそむけて窓の外を見ると、もう一度目をつむり、うとうとしはじめた。

目をさますと、客室のドアがあけられるところで、女性と男の子は棚からかばんをおろしていた。

「どこですか？」ピエロはたずねた。

「ドイツよ」女性は初めて笑顔を見せた。「ようやく、あの不愉快なフランス人たちから逃げてこられたわ！」そして、駅名の表示を指さした。ピエロの襟に留めてある紙片の一枚と同じ、マンハイム、と書いてある。「ここはあなたのおりる駅だと思うけど」女性はそう言って、ピエロの上着にむかってあごをしゃくった。ピエロはあわてて立ちあがり、持ち物を集めてプラットホームへおりていった。

駅のコンコースの真ん中に立っていると、ひとりぼっちだと強く感じ、ピエロは不安でたまらなくなった。まわりを見まわすと、男も女も先を急ぎ、どこへ行くのか知らないが、ピエロの横をかすめ、わき目もふらずに歩いている。兵士たちもそうだ。あっちにもこっちにも兵士がいた。

だが、まずピエロが気づいたのは、言葉がすっかり変わってしまったことだった。国境を越えたので、フランス語ではなく、今はみんなドイツ語をしゃべっている。ピエロは耳をすまし、人々がなんと言っているのか理解しようとしながら、パパが、ピエロも幼いうちにドイツ語を習うべきだと言ってゆずらなかったことに感謝した。そして、上着の襟（えり）からマンハイムと書いた紙を破りとって近くのゴミ箱に投げいれると、次の紙になんと書いてあるか確かめた。

ミュンヘン。

列車の発着を知らせる掲示板の上に巨大な時計がかかっていた。ピエロはそちらにむかって駆けだしたが、前から歩いてきた男とぶつかり、尻もちをついてしまった。顔を上げると、男は褐色がかった灰色の軍服を着て、腰に太くて黒いベルトを締め、子牛革でできた膝下まである黒い長靴をはいて、左袖には鉤（かぎ）十字の上に翼を広げたワシが描かれた袖章をつけていた。

「ごめんなさい」ピエロはあえぎながら言うと、恐れと敬意のまじった目で男を見あげた。

男はピエロを見おろすと、助けおこすどころか、さげすむように唇の片端をゆがめ、長靴の先をわずかに上げたかと思うと、その足でピエロの手をふみつけた。

「そんなことしたら痛いです！」ピエロが悲鳴をあげると、男はさらに強くふみつけたので、ピエロは靴の下で指がズキズキと脈打つのがわかった。人を痛めつけてこんなに楽しそうな人は見たことがない。しかも、構内を行きかう人たちは、なにが起きているのか見えているのに、だれもあいだに入ってピエロを助けようとしなかった。

「ラルフ、ここにいたのね」一人の女性が、そう言って近づいてきた。幼い男の子を腕に抱き、うしろに五歳くらいの女の子をしたがえている。「ごめんなさい、ブルーノが蒸気機関車を見たがったものだから、あやうくあなたを見失うところだったわ。まあ、どうしたの？」女性がたずねると、男は微笑んで長靴を上げ、手を伸ばしてピエロを助けおこした。

「子どもが前を見ずに走ってきたんだ」男はそう言って肩をすくめた。「あやうく突きとばされるところだったよ」

「この子の服、すごく古いね」女の子が顔をしかめ、ピエロをじろじろと見た。

「グレーテル、言ったでしょ、そういうことを口にしちゃいけませんって」母親は眉をひそめた。

「それにくさいよ」

「グレーテル！」

「さあ、行こうか」男がそう言って自分の時計にちらりと目をやると、女性もうなずいた。

ピエロは足早に遠ざかっていく一家のうしろ姿を目で追いながら、ふまれた指を、もう一方の手の指でもんでいた。すると母親に抱かれていた幼い男の子がこちらをふりかえり、片手を上げて手をふった。二人の目が合い、ピエロは指の関節が痛むのに、にっこり笑って手をふりかえさずにはいられなかった。一家の姿が人ごみのむこうに見えなくなり、ホイッスルが構内に響きわたると、ピエロは次に乗る列車をすぐに見つけないと、マンハイムにとりのこされてしまうかもしれないことに気づいた。

掲示板では、乗りつぎの列車が三番ホームからもうじき出発するようになっている。ピエロが走っていってその列車に飛びのるとすぐに、車掌がバタバタとドアをしめはじめた。今度の列車には三時間乗ることになるのがわかっていたし、もう、このころには、列車に乗る興奮もすっかり薄れていた。

列車は車体を小きざみにゆすり、蒸気の雲の中、大きな音をたてて駅をはなれはじめた。あいた窓からピエロが外を見ていると、スカーフを頭にかぶった女性が旅行かばんを引きずりながら列車を追いかけてきて、機関士にむかって「待って！」と、叫んだ。ホームにいた三人の兵士が、その女性のことを笑いはじめた。すると女性はかばんをおき、兵士たちと口論を始めたのだが、兵士の一人が手を伸ばして女性の腕をつかみ、背中にねじりあげたのを見て、ピエロはびっくりした。そして、女性の顔に浮かんでいた怒りが苦痛に変わるのがかろうじて見てとれたところで、だれかに背中をトントンとたたかれ、はっとしてふりかえった。

「ここでなにしてる？」車掌だった。「切符はもってるのか？」

ピエロはポケットに手を入れ、孤児院を出てくる時にデュラン姉妹からわたされた書類を全部とりだした。車掌は書類をぱらぱらとめくりながら目を通していった。ピエロは車掌のインクで汚れた指が文字をたどり、それぞれの言葉を小声で読みあげる唇の動きを見ていた。車掌の息は葉巻の煙のにおいがして、ピエロはそのいやなにおいと列車のゆれとで、少し胃がせり上がってくるのを感じた。

「いいだろう」車掌は言うと、切符や書類をピエロの上着のポケットに押しこみ、襟に留めてある地名のメモをにらんだ。「一人旅なんだな？」

「はい」

「親はいないのか？」

「いません」

「とにかく、列車が動いてるあいだはここに立ってちゃいけない。あぶないぞ。実際、線路に落ちることがあるし、落ちたら車輪にひかれてひき肉だ。信じられんかもしれんが、今までにも、そういう事故があったんだ。おまえくらいの男の子がひかれたら、ひとたまりもない」

車掌の言葉はナイフのようにピエロの胸に刺さった。結局、パパはそういうふうにして死んだのだから。

「さあ、こっちへ来い」車掌はそう言うと、ピエロの肩を乱暴につかみ、廊下の片側にならんだ客室の前を通って引っぱっていった。ピエロは旅行かばんとサンドイッチをもって歩いていく。「満席だな」車掌は客車をのぞいてつぶやき、すぐに前へ進んでいった。「こっちもだ」車掌は次の客室を見てまたつぶやいた。「どこも満席だ」車掌はちらりとピエロを見おろした。「席はないかもしれないぞ。今日は乗客が多いから、すわれないかもしれない。かと言って、ミュンヘンまで立たせておくわけにもいかんしな。安全上、問題がある」

ピエロはなにも言わなかった。どういう意味かわからなかったのだ。すわることができず、立っていてもいけないというのなら、いったいどうしろと言うんだろうか。まさか、宙に浮かんでいられるわけでもなし……。

「そうだ」車掌は最後にそう言って、ある客室のドアをあけ、中をのぞきこんだ。笑い声や話し声がガヤガヤと廊下にもれてくる。「ここなら、小さい子ども一人くらいは入れる。きみたち、かまわないよな？　ミュンヘンまで一人で行く子がいるんだ。ここにおいていくから、面倒を見てやってくれないか」

車掌がいなくなって客室の中が見えると、ピエロの不安はいっそうふくらんだ。五人の少年がいた。十四歳から十五歳くらいだろうか、みな体格がよく、金髪で、すきとおるように肌の白い少年たちが、こちらをむき、だまってピエロを見ている。まるで、思いがけず新たな獲物がいるのに気づいたオオカミの群れのようだった。

「入ってこいよ」中でも一番背の高い少年がそう言って、むかいの席にすわっている二人の少年のあいだを指さした。「かみついたりしないから」少年は片手を前に出し、ピエロにむかってゆっくりと手招きした。その手の動かし方に、ピエロはなぜかとても落ちつかない気分になった。だが、ほかにどうしようもなく、言われた席に腰かけると、しばらくしてまた少年たち同士の会話が始まり、ピエロは放っておかれた。少年たちにまじってすわっていると、自分がとても小さくなったように感じた。

ピエロはずいぶん長いあいだ、自分の靴をじっと見おろしていたが、時間がたって少し気持ちが落ちついてきたので、視線を床から上げ、窓の外を見ているふりをした。だがほんとうは、頭を窓ガラスに押しつけてうとうとしている少年の姿を見ていた。少年たちはみな制服を着ていて、カーキ色のシャツに黒い半ズボン、黒いネクタイに白いハイソックスといういでたちで、袖には腕章を巻いていた。腕章は上下が赤、そのあいだが白くなっていて、中央には、マンハイムの駅でピエロの指をふみつけた男の袖についていたのと同じ、鉤(かぎ)十字のマークがあった。ピエロはうらやましかった。孤児院にいる時にデュラン姉妹がくれた古着ではなく、こんな制服が着られればいいのにと思った。自分もこの少年たちのような服を着ていれば、駅で知らない女の子から、なんて古い服を着てるんだろう、などと言われずにすむ。

「パパは兵隊さんだったんだ」言葉がいきなり口をついて出た。しかも、かなり大きな声だったので、ピエロは自分でも驚いた。少年たちはおしゃべりをやめ、ピエロをじっと見た。窓際の少年は目をさまし、二、三度まばたきしてからまわりを見まわし、「もうミュンヘンに着いたのか」と言った。

「おい、今、なんて言った？」一番背の高い少年がたずねた。この少年が五人のリーダーなのはまちがいない。

「パパは兵隊さんだった、って言ったんだ」ピエロはくりかえしたが、早くも、口をつぐんでいればよかった、と後悔していた。

「いつの話だい？」

「戦争中」

「おまえ、なまりがあるな」リーダーの少年はそう言って身を乗りだした。「上手にしゃべるが、ドイツ生まれじゃないだろ」

ピエロはうなずいた。

「あててみようか」少年はにやりと笑うと、ピエロの左胸を指さした。「スイス人だな。いや、フランス人だ！　そうだろう？」

ピエロは、もう一度うなずいた。

するとと少年は片方の眉を上げ、まるで不快なにおいをかぎつけようとするみたいに、くんくんと鼻を鳴らした。「で、年はいくつだ？　六歳？」

「七歳」ピエロは、あからさまにむっとした顔を見せ、背筋を伸ばした。

「七歳にしては小さいな」

「うん。でも、いつかもっと大きくなるから」

「そうだな。長生きすればの話だが。で、どこへ行くんだ？」

「おばさんに会いに」

「おばさんもフランス人なのか？」

「ちがうよ、ドイツ人だよ」

少年はこれを聞いて少し考えると、なにか企んでいるような笑みを浮かべて言った。「おれが今、どういう気分かわかるか？」

「ううん」ピエロは答えた。

「腹がへってる」

「今朝、朝ごはんを食べなかったの？」ピエロが言うと、少年たちのうち二人がどっと笑ったが、リーダーににらまれ、すぐに笑うのをやめた。

「いや、食べたよ」少年は落ちつきはらって答えた。「そりゃあおいしい朝食だった。昼も食べた。そのあと、マンハイム駅でも軽く食べた。それでも腹がへってるんだ」

ピエロは横においてあるサンドイッチの包みにちらりと目を落とし、ああ、シモーヌがくれたプレゼントと一緒に旅行かばんの中にしまっておけばよかった、と思った。でも、ここで二つ食べ、残りのひとつは最後の列車にとっておこうと考えていたのだ。

「たぶん、列車のどこかに売店があるんじゃないかな」ピエロは答えた。

「でも、金がない」少年はにやりと笑い、両腕を広げた。「おれは祖国ドイツのために尽くす一人の若者にすぎないからな。たかが兵長で、文学教授の息子だ。ま、もっとも、ここにいるヒトラーユーゲントのほかの隊員は、おれより階級が下で、つまらん連中だが……。おまえの父親は金持ちなのか？」

「パパは死んだんだ」

「戦時中に死んだのか？」

「ちがうよ。そのあとで」

これを聞いて、リーダーの少年はしばらく考えていた。「きっと、おまえの母親は美人なんだろうな」

少年はそう言うと、すっと手を伸ばし、ピエロの頬にふれた。

「ママンも死んだ」ピエロは答えながら、うしろに身を引いた。

「そりゃあ気の毒に。お母さんもフランス人なんだろう?」

「うん」

「それなら、どうってことはない」

「おい、クルト」窓際の少年が言った。「その子にかまうなよ、まだ小さいんだから」

「なにか文句があるのか、シュレンハイム?」リーダーの少年は語気を強め、ぱっと顔をそちらにむけて窓際の少年をにらんだ。「それに礼儀をわきまえてもらいたいね。そこでブタみたいないびきをかいてたんだぜ」

シュレンハイムと呼ばれた少年はおどおどした態度になり、ごくりとつばを飲んで首を横にふった。そして顔を赤らめ、小さな声で言った。「あやまるよ、コトラー兵長。ぼくが口出しすることじゃなかった」

「じゃあ、もう一度言うぞ」コトラーはピエロに視線をもどした。「おれは腹がへってる。なにか食べるものがあるといいんだがな。待てよ! それはなんだ?」コトラーはにやりと笑い、歯ならびのいい輝かんばかりの白い歯を見せた。「サンドイッチじゃないのか?」そう言うと、手を伸ばしてピエロの紙包みをとりあげ、においをかいだ。「まちがいない。だれかが忘れていったんだろう」

「それはぼくのだ」ピエロは言った。

「名前が書いてあるか？」

「パンに名前なんて書けないよ」

「ってことは、おまえのものかどうかわからないじゃないか。見つけたのはおれだから、当然、これはおれのものだ」言うが早いか、コトラーは包みをあけてひとつ目のサンドイッチをとりだし、ガツガツと三口で食べおえ、二つ目にかぶりついた。「うまい！」コトラーはそう言うと、残りのひとつをシュレンハイムにさしだしたが、窓際の少年は首を横にふった。「腹がへってないのか？」コトラーはたずねた。

「ああ、コトラー兵長」

「腹の虫が鳴いてるのが聞こえるぞ。食えよ」

シュレンハイムは手を伸ばしてサンドイッチを受けとったが、指が小さくふるえていた。

「よろしい」コトラーは笑みを浮かべた。そして、今度はピエロにむかって「悪いが、今のでおしまいだ」と言い、肩をすくめてみせた。「もうひとつあれば、おまえにも分けてやれたんだがな。飢え死にしそうな顔をしてるぞ！」

ピエロはコトラーの顔をにらみつけ、年上のくせに人の食べものを盗んだ泥棒にむかって、思ったとおりのことを言ってやりたかった。だが、なにか言えばもっとひどい仕打ちを受けそうで、そう思ったのは、体が大きいからだけではないなにかが、この少年にあるからだった。ピエロは、目の奥から涙がわいてくるのがわかったが、絶対に泣くまいと自分に言いきかせ、まばたきして無理やり涙をこらえ、視線を床に落とした。すると、コトラーの靴先がじりじりと前に出てくるのが見えた。ピエロが顔を上げると、コトラーは丸めた包み紙をひょいと投げ、それがピエロの顔にあたるのを確かめてから、ほかの少年たちとの会話にもどっていった。

そこから先、ミュンヘンまで、ピエロは二度と口をきかなかった。

二時間後、列車が駅に入っていくと、ヒトラーユーゲントの少年たちは荷物をまとめたが、ピエロはじっとしたまま、少年たちが出ていくのを待っていた。一人、また一人と出ていき、ピエロとコトラー兵長だけになった。コトラーはちらりとピエロを見おろすと、背をかがめ、上着の襟(えり)に留めてある小さな紙に目を近づけた。「ここでおりることになってるぞ」コトラーは言った。「この駅で乗りかえないと」その口調は、ピエロをいじめたことなどみじんも感じさせず、ただ、親切で言っているように聞こえた。そしてピエロの上着からその紙をはぎとると、残っている最後の紙に顔を近づけて目的地を確かめた。

ザルツブルク。

「へえ、じゃあ、おまえはドイツに住むわけじゃないんだな。オーストリアへ行くのか」

ピエロは自分の行き先を考えたとたん、急に頭が真っ白になり、ほんとうはこの少年とはもう口をききたくなかったが、「みんなもそこへ行くわけじゃないよね?」と、たずねずにはいられなかった。また同じ列車になるんじゃないかと怖くなったのだ。

「オーストリアへか?」コトラーはききかえすと、座席の上の棚から背嚢をおろし、廊下へ出た。そして笑みを浮かべながら首を横にふった。「行かないよ」コトラーはそのまま歩きかけたが、思いついたように立ちどまり、ふりかえって片目をつむると、言い足した。「とりあえず、今はな。でもすぐに行くだろう。もうすぐだ。今はまだ、オーストリア国民には祖国と呼べる場所があるが、そのうち……ドカーン!」コトラーは片手の指先をすぼめ、ぱっとひらいて爆弾の音をまねると、大声で笑いながら戸口から姿を消し、プラットホームへおりていった。

旅の最後、ザルツブルクまでの移動は二時間近くかかるし、このころにはもうピエロは疲れていて、お腹もとてもすいていた。しかし、いくら疲れきっていても、眠りこんでしまって列車からおりそこなうのが怖かった。パリの学校で教室の壁にかかっていたヨーロッパの地図を思いうかべ、そんなことになったら、いったいどこまで行ってしまうんだろうと想像した。ロシアだろうか。いや、もっと遠くへ行ってしまうかもしれない。

　今度は同じ客車にほかの乗客はいなかったので、オルレアンのプラットホームでシモーヌからもらったプレゼントのことを思いだし、かばんに手を入れてとりだした。茶色い包み紙をはがし、中から現われた本の表紙に印刷されている文字の下に指を走らせてみる。

『エーミールと探偵たち』エーリヒ・ケストナー作、とある。

　表紙には、黄色い通りを歩いていく男を、柱の陰から二人の男の子が見ている絵が描かれていた。右下隅にはこの絵を描いた画家の名前だろうか、「トリアー」と書いてある。ピエロは出だしの数行を読んでみた。


「エーミール、じゃあ今度は」と、ティッシュバイン夫人は言った。「その、お湯を入れた水差しを運んでくれる？」夫人は別の水差しと、カモミールシャンプーを入れた小さな青いボウルをもち、急いでキッチンを出て居間へ入っていった。エーミールはお湯の入った水差しをもってあとをついていく。

まもなくピエロは、本の中の男の子、エーミールには、自分と——少なくとも以前の自分と——いくつか共通点があることに気づいて驚いた。エーミールは母親と二人暮らしで——パリではなく、ベルリンでの話だが——、父親は死んでいる。そして、物語のはじめのほうで、エーミールはピエロと同じように列車で旅をし、ピエロがコトラー兵長にサンドイッチをとられたように、客室の中で男に金を盗まれてしまう。ピエロはお金はまったくもっていなかったので、その点では安心だったが、旅行かばんには服や歯ブラシ、両親の写真、そして孤児院を出る直前にアンシェルが送ってきた物語が入っていた。ピエロはこの物語をすでに二度読んでいたが、主人公の少年が、前は友だちだと思っていた人たちから悪口を言われるようになるストーリーで、ピエロはこの話全体がどことなく気に入らなかった。これまでアンシェルが書いてきたような、魔法使いや口をきく動物の話のほうが好きだ。ピエロはだれかが入ってきて、マックス・グルントアイスがエーミールにしたようなことを自分にするかもしれないと思い、旅行かばんを少し引きよせた。が、列車のゆれがあまりに心地よく、とうとう目をあけていられなくなって、本は手からすべりおち、うとうととして、そのまま寝いってしまった。

二、三分しかたっていないように思えたが、窓ガラスをたたく大きな音に、ピエロは、はっとして目をさました。びっくりしてあたりを見まわし、一瞬、ここはどこだろうと考え、やっぱりロシアまで来てしまったんだ、とうろたえた。列車は止まっていて、あたりは不気味なくらい静かだ。

もう一度、さっきより強く窓をたたく音がしたが、ガラスがすっかり曇っていてプラットホームが見えない。片手できれいな弧を描くように曇りをぬぐうと、大きな看板が見えた。「ザルツブルク」と書いてあり、ピエロは胸をなでおろした。長い赤毛の、とてもきれいな女の人が窓の外に立ち、中にいるピエロを見ていた。女性はなにかしゃべったが、ピエロには聞きとれなかった。もう一度同じことをくりかえしたようだが、やはり聞きとれない。ピエロは手を伸ばし、上のほうにある小窓をあけた。すると、ようやく声が聞こえてきた。

「ピエロ！　わたしよ！　あなたのおばのベアトリクスよ！」

第5章　山の上の家

翌朝目をさますと、ピエロは見なれない部屋にいた。天井は横に何本も走る長い木の梁と、格子状に交差するそれよりやや黒っぽい梁で支えられていて、真上の天井板の隅には大きなクモの巣があり、その巣を作った張本人が、くるくる回転する絹糸のような糸の先に、威嚇するかのようにぶらさがっていた。

ピエロはしばらく横になったまま、ここへ着くまでの旅のことをもう少し思いだそうとしてみた。最後におぼえているのは、列車からおり、おばさんだと名乗った女性とプラットホームを歩いてから、濃い灰色の制服を着て、つばのある帽子をかぶった運転手が運転する車の後部座席に乗りこんだことだ。そのあとは記憶がはっきりしない。ヒトラーユーゲントの少年にサンドイッチをとられた話をしたことは、ぼんやりおぼえている。運転手がユーゲントの少年たちのふるまいについてなにか言ったのだが、ベアトリクスおばさんがすぐにだまらせ、きっと、その後まもなく、寝入ってしまったのだろう。あとは夢の中でぐんぐん高く舞いあがって雲の中に入り、刻一刻と寒くなっていった。それから、がっしりした二本の腕で抱きあげられて車からおろされ、寝室へ運ばれると、女の人がふとんをかけて額にキスし、明かりを消したのだった。

ピエロは上半身を起こし、まわりを見た。部屋はとてもせまく――パリのアパートでピエロが寝ていた部屋よりさらにせまい――、家具も、今いるベッドと、水差しと洗面器がおいてある整理ダンス、そして隅に洋服ダンスがあるだけだ。上がけをもちあげてみると、膝まであるシャツのような寝間着を着ているだけで、下着はなにもつけていないとわかって驚いた。だれかに服をぬがされたはずだが、それを思うと顔が赤くなった。だれにせよ、その人にはすべてを見られてしまったことになる。

ベッドからおりて洋服ダンスまで歩いていくと、裸足（はだし）の足裏が板張りの床にふれて冷たかったが、中にピエロの服はなかった。整理ダンスの引きだしをあけてみたが、やはり空だ。だが、水差しには水がいっぱい入っていたので、少し口にふくみ、あちこち口の中で動かした。それから少し洗面器に水を注いで顔を洗った。ひとつしかない窓の前へ行き、外を見ようとカーテンをあけてみたが、ガラス一面に霜がついていて、それを通してわかるのは、ぼんやりとした緑と白のまだら模様だけだった。積もった雪の下からところどころ草が顔をのぞかせているらしい。不安で胃がしめつけられるようだ。

ここはどこなんだろう？

ふりかえると、壁に一枚の肖像画がかかっていた。小さな口ひげを生やした男が深刻な顔をして遠くを見つめている。黄褐色の上着を着て、胸ポケットの外側に鉄十字勲章をつけ、片手を椅子の背に、もう一方の手を腰において、壁にかけられた絵の前に立っていた。その絵には、樹木と、灰色の雲でしだいに暗くなっていく空が描かれ、今にも激しい嵐が起きそうだった。

ピエロは気がつくとずいぶん長いあいだ、この肖像画を見ていた。男の表情には、人を催眠術にかけてしまうような力がある。足音が外の廊下を近づいてくるのが聞こえて、ピエロはようやくわれに帰った。あわててベッドに飛びのり、上がけをあごまで引きあげる。ドアの取っ手が回り、十八歳くらいだろうか、赤毛で、髪よりさらに赤い頬をした、肉づきのいい若い女が部屋の中をのぞきこんだ。

「やっと目をさましたのね」女は責めるような口調で言った。

ピエロはなにも言わず、こくりとうなずいた。

「一緒に来てちょうだい」

「どこへ？」

「だまってついてくればいいの。ほら、急いで。ただでさえ忙しいんだから、ばかな質問に答えてるひまなんてないわ」

ピエロはベッドからおりると、その若い女に近づいていったが、自分の足に目を落としたまま、直接相手を見ずにたずねた。「ぼくの服はどこ？」

「焼却炉で燃やしたわ。今ごろ、灰になってるでしょうよ」

ピエロはびっくりして息をのんだ。旅のあいだ着ていた服は、七歳の誕生日にママンが買ってくれた服だ。そして、あれが二人で出かけた最後の買い物になってしまったのだ。

「旅行かばんは？」

若い女は肩をすくめたが、これっぽっちも悪いとは思っていないらしい。「全部燃やしたわ。ああいう汚らしくて、いやなにおいがするものを、この家においておくわけにはいかないから」

「でも、あれは——」ピエロは言いかけた。

「文句を言うんじゃありません」若い女はふりかえり、ピエロの顔に指を突きつけて上下に動かした。「あの服は汚かったし、きっと、よからぬものが這いまわってたはずよ。ああいうものは燃やしちゃわないとね。それに、あんたは運がいい。このベルクホーフに来たんだから——」

「え？　ベル……？」ピエロはききかえした。

「ベルクホーフ。この家はそう呼ばれてるの。それから、ここでは泣いたり、わめいたりすることはゆるされませんからね。さあ、ついてらっしゃい。これ以上、口をきくんじゃありませんよ」

ピエロは廊下を歩きながら左右に目をやり、どんなことも見のがすまいとした。家はどこもほとんど木造で、きれいで居心地のよさそうな建物だったが、壁にならべてかけてある写真は、直立不動の制服姿の将校たちを写したものばかりで、少し場ちがいに思えた。写っている将校の中には、目つきだけでレンズを割ってやろうと思っているんじゃないかというくらい、ものすごい目をしてカメラをにらみつけている者もいる。ピエロはそのうちの一枚の前に立ち、われを忘れて見入った。将校たちの姿は猛々しくて威圧的なのに、みな、きりりとしていて、背筋がぞくっとするような魅力がある。ピエロは、自分も大人になったら、この人たちのように近よりがたく見えるんだろうか、と思った。もしそうなれば、駅の構内で突きとばされたり、列車の客室でサンドイッチをとられたりするようなことはなくなる。

「写真はみんな、あの方が撮るんだよ」若い女は、ピエロがなにを見ているのか気づいて立ち止まり、言った。

「あの方って?」

「奥様さ。さあ、ぐずぐずしないでちょうだい、お湯がさめちゃうから」

ピエロはどういう意味かわからなかったが、それでもあとをついていくと、若い女は階段をおり、左へ折れた。

「名前はなんだっけ?」女はふりむいてたずねた。「なかなかおぼえられなくて困るわ」

「ピエロ」

「それはどういう名前なの?」

「どういうって……」ピエロはそう言って、肩をすくめた。「それがぼくの名前だから」

「肩をすくめちゃだめよ」女は言った。「奥様は肩をすくめる人ががまんできないから。下品なしぐさだとおっしゃって」

「奥様って、ぼくのおばさんのこと?」

若い女は立ち止まり、ピエロの顔をまじまじと見て、すぐに頭をのけぞらせて笑いだした。「ベアトリクスが奥様のわけないだろ。ただの家政婦だよ。奥様は……その、奥様さ、そうだろ? ここをとりしきっていらっしゃる。あんたのおばさんは奥様から言いつかったことをやるだけ。あたしたちはみんなそう」

「おねえさんの名前は?」

「ヘルタ・タイセン。ここで働いてるメイドでは二番目にえらいんだ」

「メイドさんは何人?」

「二人さ。でも奥様は、すぐにもっとたくさん必要になるだろうっておっしゃってるから、メイドがふえてもあたしは二番目で、あとから入ってくるメイドはあたしの言うことをきくんだ」

「おねえさんもここに住んでるの?」

「あたりまえだろ。ふらりと保養に立ちよったとでも思ってるの? だんな様と奥様もここにお泊まりになることがあるけれど、ここ二、三週間はお見えになってないね。週末だけいらっしゃることもあれば、もっと長く滞在されることもある。かと思うと、丸々ひと月、お顔を見ないこともあるし。それからエマがいる。ここのコックだから、機嫌をそこねないほうがいいよ。それと、メイドのウーテ。運転手のエルンストを忘れちゃいけない。あんたはたぶん、昨日の夜、会ってるわ。そりゃあすてきな人なんだ。ハンサムで、愉快で、思いやりがあって」ヘルタはしばらく口をつぐんでから、うっとりしたようなため息をついた。

「それから、あんたのおばさんのベアトリクス。ここの家事を切りもりしている家政婦だよ。あとは、玄関の外に、たいてい警備の兵士が二人ひと組でいるけれど、しょっちゅう交代するから、いちいち名前をおぼえてられないわ」

「おばさんはどこ？」ピエロはたずねながら、早くも、このヘルタという人はあまり好きになれないと思っていた。

「必要なものを調達しに、エルンストと一緒に山をおりてるところ。すぐにもどってくると思うよ。あの二人のことだから、わからないけどね。あんたのおばさんは、エルンストをむだに働かせる悪いくせがある。ひとこと言ってやりたいけど、おばさんのほうがえらいから、奥様に告げ口されちゃうだろうね」

ヘルタは次のドアをあけ、ピエロはあとをついて中に入っていった。部屋の中央にブリキの浴槽があり、半分ほど入れてあるお湯から湯気があがっていた。

「今日は洗濯の日なの?」ピエロはたずねた。

「あんたを洗うんだ」ヘルタはそう言って、腕まくりをした。「ほら、その寝間着をぬいで中にお入り。こすってきれいにしてやるから。どんな汚れをもちこんでるか、わかったもんじゃない。あたしが会ったことのあるフランス人はみんな汚かったからね」

「やだよ」ピエロは首を横にふりながらあとずさりすると、両手の手のひらを前に突きだし、ヘルタがそれ以上近よれないようにした。見も知らない人の前で服をぬぐなんて考えられない。それも、まだ若い女の人の前なのだ。孤児院にいる時も、ピエロは裸になるのが大きらいだったが、あの時は同じ寝室には男の子しかいなかったのだ。「いやだよ。絶対にいやだ。ぼくはなんにもぬがない。悪いけど、お断わりだ」

「好ききらいを言えると思ってるのかい?」ヘルタはそう言うと、両手を腰にあて、まるで別の生き物でも見るような目でピエロをにらみつけた。「命令は命令だからね、ピエール――」

「ピエロだよ」

「あんたもすぐにわかると思うけど、ここじゃ命令されたら、そのとおりにやるんだ。どんな時も、だまって」

「絶対にいやだ」ピエロは恥ずかしさに顔を赤らめながら言った。「ママンだって、ぼくが五歳になったら、お風呂に入れるのをやめたんだから」

「でも、お母さんは死んだんだろ？　あたしはそう聞いたけど。お父さんも列車に飛びこんだって」

ピエロは一瞬言葉につまり、ヘルタの顔をにらみかえした。こんなひどいことを言う人がいるなんて、ちょっと信じられない。

「自分で洗うよ」ようやくそう言ったが、声が少しかすれていた。「洗い方はわかってるし、ちゃんとやるから。約束する」

ヘルタは両手を上げてあきらめた。「わかったわ」そう言うと、四角い石けんをつかみ、たたきつけるようにピエロの手のひらにのせた。「十五分したらもどってくるから、その時までにその石けんを使いきってちょうだいね。わかった？　でないと、あたしがブラシでごしごしこすってやるから。そうなったら、あんたがなんと言おうとやめないよ」

ピエロはうなずき、ほっとして、ひとつため息をつくと、ヘルタが浴室を出ていくのを待って寝間着をぬぎ、そろそろと浴槽の中に入っていった。いったん入ってしまうと、うしろにもたれて体を伸ばし、思いがけず、ぜいたくな気分を味わった。温かい風呂に入るのはずいぶん久しぶりだ。孤児院ではいつもお湯は冷めてしまっていた。たくさんの子どもたちが同じお湯を使わなければならなかったからだ。

ピエロは石けんをぬらし、しっかり泡が立ったところで体を洗いはじめた。

浴槽に張った湯は、ピエロの体から落ちた汚れで、あっという間ににごっていった。ピエロは頭の上まで湯の中に沈め、外の世界の音がすっかり聞こえなくなるのを楽しんでから、石けんで頭をごしごしこすり、髪を洗った。頭についた泡を流したあとは、体を起こし、足や指の爪のあいだをこすった。石けんはどんどん小さくなり、ピエロはほっとしたが、すっかり溶けてなくなるまで洗いつづけた。これでもう、ヘルタがもどってきても、さっきのひどいおどし文句を実行に移される理由はない。ピエロは胸をなでおろした。

もどってきたヘルタは、ノックもせずに部屋に入ってきた。そして手にした大きなタオルをピエロにむかってさしだした。「さあ、もう出なさい」

「こっち見ないで」

「まったく、もう」ヘルタはため息をつくと、顔をそむけて目をつむった。ピエロは浴槽から出て、タオルで体をくるんでもらったが、それは今まで使ったどんなタオルよりやわらかい高級な生地でできていた。小さな体にしっかり巻きつけると、なんともいえない心地よさで、ピエロはいつまでもこのままの格好でいられたらいいのに、と思ったほどだ。

「これでよし」とヘルタは言った。「着がえはベッドの上においておいたからね。少し大きいけど、しばらくはあれでがまんしてちょうだい。そのうちベアトリクスが、服を買いにあんたをつれて山をおりるって言ってたわ」

また、山だ。

「なぜぼくは山の上にいるの？」ピエロはたずねた。「ここはどういう場所？」

「質問はもうおしまい」ヘルタはそう言って顔をそむけた。「あんたにはなくても、わたしはほかにもやらなきゃいけないことがあるんだから。お腹がすいてるのなら、服を着て下におりていけば、なにか食べさせてもらえるよ」

ピエロはタオルを体に巻いたまま、板張りの床に小さな足跡を残しながら走って部屋までもどった。たしかに、ベッドの上には服がひとそろい、きれいにたたんでおいてある。ピエロはそれを順に着ていった。シャツの袖をまくりあげ、ズボンのすそを折りかえし、サスペンダーをできるだけ短くする。厚手のセーターもあったが、あまりに大きくて、着ると裾(すそ)が膝まで来てしまうので、すぐにぬいでしまい、寒さはがまんする覚悟を決めた。

階段をおりながらあたりを見まわし、今度はどこへ行けばいいんだろうと思ったが、教えてもらおうにも、そもそも人がいなかった。

「だれかいますか？」小声で言ったのは、無用な注目を浴びたくなかったからだが、一方で、だれかに気づいてもらいたかった。「だれかいますか？」くりかえしながら玄関にむかって歩いていく。外から人声が聞こえ、二人の男が笑っているのがわかった。玄関ドアの取っ手を回してあけてみると、空気は冷たいのに、目がくらむほど明るい光が射しこんできた。外に出ると、二人の兵士が吸いかけのタバコを投げすてて足でもみ消し、背筋を伸ばしてひたと正面を見すえた。まるで二体の生きた銅像が、灰色の軍服を着て、ひさしのついた灰色の帽子をかぶり、太くて黒いベルトを腰に巻き、膝に届きそうな真っ黒な革の長靴をはいているようだった。

二人とも、肩にライフル銃をかけている。

「おはよう」ピエロはおずおずと声をかけた。

どちらの兵士もしゃべらないので、ピエロはそのまま少しはなれたところまで歩き、ふりかえって一人ずつ見てみたが、やはりどちらもひと言も口をきかない。こんなばかばかしいことはないと思い、ピエロは口の両端に指を突っこむと、思いきり横に引っぱって口を広げ、目をくるりと回した。ピエロはこらえきれずにくすくすと笑ったが、兵士たちは反応しなかった。片足でぴょんぴょん跳びはねながら、何度も口をたたいて鬨（とき）の声をあげたが、それでも反応しない。

「ぼくはピエロだ！」大声で言ってみる。「この山の王様だぞ！」

すると、一人の兵士が少し顔のむきを変えた。その表情や唇のゆがめ方、わずかに肩を上げた拍子に動いたライフル銃を見て、ピエロはもうこれ以上話しかけないほうがよさそうだ、と思った。

ヘルタに言われたように、建物の中にもどってなにか食べるものをさがしたい気持ちもあった。なにしろ、オルレアンを出てから二十四時間、なにも口に入れていないのだ。だが今は、あたりを見てまわり、ここがどういう場所なのかはっきりさせなきゃならない。芝生の上を歩いていくと、白く凍った霜が靴の下でパリパリと心地よい音をたててくずれていった。顔を上げ、遠くを見たピエロは、目に入ってきた風景に息をのんだ。ここは、ただ山の頂上というだけではない。周囲をかこむようにいくつもの山々が連なり、それぞれの巨大な頂が雲に届くほど高くそびえていた。雪の積もった頂上は、白っぽい空や低く集まった雲と溶けあい、どこまでが山で、どこからが空なのかわからない。ピエロは生まれてこのかた、こんな景色は見たことがなかった。さらに家の裏側に回り、そこからの景色を見てみる。

美しかった。広大な音のない世界が澄みきった空気に包まれている。

遠くで音がしたので、ピエロは敷地の境界にそってぶらぶらと歩き、曲がりくねった道を見おろして目をこらした。家の前からアルプス山脈に連なる山なみをぬけ、右に左に予想もつかない形に曲がりながら続く道は、その後、視線の届かないところへ消えていた。いったい、ここはどれくらいの高さがあるんだろう。息を吸ってみると、空気がとてもさわやかで軽く感じ、肺も心も大きな幸福感で満たされていった。もう一度、下の道路に目をやると、一台の車が登ってくるのが見えた。あの車に乗っているのがだれか知らないが、その前に家の中に入っておいたほうがいいだろうか……。ああ、アンシェルがここにいればいいのに。アンシェルならどうすればいいかわかるだろう。ピエロが孤児院にいるあいだ、二人はしょっちゅう手紙を送りあっていたが、ここへの移動があんまり急に決まってしまったので、ピエロはまだ今度のことをアンシェルに知らせていなかった。すぐにでも手紙を書かなくてはならないが、ここの住所はどう書けばいいのだろう？

ピエロ・フィッシャー
ザルツブルク近く
山の上

これでは、手紙は絶対に届かない。

車は近づき、五、六メートル下の検問所で止まった。ピエロが見ていると小さな木造の小屋から兵士が一人出てきて、バーを上げ、手をふって車を通した。前の晩、駅でピエロを乗せてくれたのと同じ車で、格納式の屋根がついた黒い車体のフォルクスワーゲンだ。ヘッドライトの左右に、黒白赤の色使いの旗が立ち、風にはためいている。車が建物の近くまで来て止まると、エルンストがおりてきて車の前を回り、反対側の後部座席のドアをあけた。車から出てきたベアトリクスおばさんは、エルンストと少ししゃべってから、玄関前にいる二人の兵士のほうをちらりと見て、表情を引きしめたように見えた。エルンストは運転席にもどり、車を動かして少しはなれた場所に駐車した。

ベアトリクスおばさんが兵士の一人になにかたずねると、兵士はピエロのいるほうを指さしたので、おばさんもこちらをむき、ピエロと視線を合わせた。頰をゆるめて微笑(ほほえ)むおばさんの顔を見て、ピエロは、なんてよくパパに似ているんだろう、と思った。その表情から父親のことをなつかしく思いだしたピエロは、ああ、パリに帰りたい、両親が二人とも生きていて、ピエロのことを気づかい、愛し、守ってくれたあのころにもどれればいいのに、と思った。ダルタニャンが散歩につれていってくれとドアをひっかき、すぐ下の部屋にはアンシェルがいて、いつでも音のない言葉を指であやつる方法をピエロに教えてくれていた、あの楽しい日々に。

おばさんが片手を高く上げたので、ピエロは少し間をおいてから、やはり片手を上げて応え、この先いったいどんな毎日が待っているんだろうと思いながら歩きだした。

第6章　もう少しフランス人らしくなく、もう少しドイツ人らしく

翌朝、ベアトリクスがピエロの寝室に来て、今日は一緒に山をおりて、新しい服を買ってこようね、と言った。

「おまえがパリからもってきた服は、ここで着られるようなものじゃなかったから」おばさんはそう言うと、ちらりとまわりを見てから、あいていたドアをしめた。「だんな様はそういうことにとてもきびしい方なの。だから、とりあえず、いかにもドイツ人らしい服を着ていれば安全だと思うわ。今まで着てた服は、あの方の趣味からすると少し自由すぎたから」

「安全？」ピエロは、おばさんの使った言葉に驚いた。

「おまえをここに呼びよせることをゆるしてもらうのも簡単じゃなかったのよ。あの方は子どもになれていらっしゃらないから。絶対にご迷惑はおかけしませんと約束しなきゃならなかったの」

「その人に子どもはいないの？」ピエロは、そのだんな様がここへ来る時に一緒につれてくる、自分と同年代の子どもがいればいいのにと思っていた。

「いないのよ。とにかく、あの方が気を悪くするようなことはしないでね。さもないと、オルレアンに送りかえされてしまうかもしれないわ」

「孤児院は思ってたほどひどいところじゃなかったよ」ピエロは言った。「シモーヌとアデルはとっても親切だったし」

「そうでしょうとも。でもね、大事なのは家族よ。おまえとわたしは家族なんだから。わたしたちにはもう、ほかに家族と呼べる人はいないわ。お互いをがっかりさせるようなことは絶対にしないようにしなきゃ」

ピエロはうなずいたが、ひとつ、おばさんの手紙が届いてからずっと考えていることがあった。「どうして今まで一度も会わなかったの？　なぜおばさんは、パパやママンやぼくに会いに、パリに来なかったの？」

ベアトリクスは首をふり、立ちあがった。「今日はその話はやめておきましょう。でも、聞きたいのなら、別の時に話してあげるわ。さあ、いらっしゃい、お腹がすいてるでしょう」

朝食後、二人は外へ出て、車にもたれてのんびり新聞を読んでいたエルンストに近づいていった。エルンストは二人に気づいて顔を上げると、にっこり笑って新聞を半分にたたみ、小脇にはさんで後部座席のドアをあけた。ピエロはエルンストの制服にちらりと目をやり、なんてかっこいいんだろう、と思った。おばさんにせがんだら、こういう服を買ってくれないだろうか……。ピエロは以前から制服が好きだった。パパも一着もっていて、パリのアパートの洋服ダンスにしまってあったが、一度も着たことはなかった。薄緑色の生地でできた上着は、襟の角が丸く、ボタンが六つ中央に一列にならんでいて、そろいのズボンもあった。ピエロは一度、その上着を着ようとしているところをパパに見つかったことがある。パパは戸口で固まって動けなくなり、ママンは、人のものを勝手にいじるんじゃありません、と言ってピエロを叱った。

「おはよう、ピエロ!」エルンストはほがらかな声で言うと、ピエロの髪をくしゃくしゃと乱した。「よく眠ったか?」

「うん、ぐっすり」

「おれは昨日、サッカーのドイツ代表チームでプレーした夢を見た。イングランド相手に決勝ゴールを決めたものだから、観客はみんな歓声をあげ、おれはほかの選手たちの肩にかつがれて競技場から出ていくんだ」

ピエロはうなずいたが、人が自分の見た夢を思いだして説明するのは好きじゃなかった。アンシェルが書く、こみいった筋の物語もそういうことがあるけれど、夢というものは、つじつまが合っていたためしがない。

「どちらへ、フロイライン・フィッシャー？」エルンストはベアトリクスの前で深々と一礼し、わざとらしく帽子のつばに手をやった。

ベアトリクスは笑いながら後部座席に乗りこんだ。「どうやらわたしはえらくなったみたいよ、ピエロ。エルンストは、わたしのことをフロイライン（ドイツ語で未婚の女性につける敬称）なんて呼んだことがないんだから。町までお願い。ピエロに新しい服を買ってやらないと」

「おばさんの話を真に受けるんじゃないぞ」エルンストはそう言うと、運転席にすわり、キーを回してエンジンをかけた。「おれがどんなに敬意をはらっているか、おばさんはわかってる」

ピエロが横にいるベアトリクスを見ると、バックミラーに映ったエルンストと視線を交わし、わずかに口もとをゆるめた。とたんにおばさんの表情が明るくなり、頬にかすかな赤みがさした。車が走りだすと、ピエロはふりかえってリヤウィンドウごしに外を見た。ちょうど建物が視界から消えていくところだったが、それは美しいながめだった。雪を戴（いただ）く岩山を背景に、淡い色合いの山荘がくっきりと浮かびあがる様子は、まるで山にペンダントをかけたようで、思わずはっとさせられた。

「わたしも、初めてこの景色を見た時のことをおぼえてるわ」ベアトリクスが、ピエロの視線に気づいて言った。「なんて静かでおだやかなところなんでしょう、と思ったの。これほど清らかな場所はほかにないだろうって」

「そのとおりだ」エルンストがつぶやいたが、ピエロにも聞こえていた。「あいつがいない時はな」

「いつからここにいるの？」ピエロは視線をおばさんにもどして言った。

「えーと、初めてここへ来た時は三十四歳だったから……もう、二年ちょっとになるわね」

ピエロはおばさんの顔をじっと観察した。すごい美人だということはまちがいない。肩にかかる長い赤毛の先が少しカールしていて、肌は白く、しみひとつなかった。「じゃあ、おばさんは三十六歳なの？」ピエロは一拍おいてたずねた。「ずいぶん年とってるんだね！」

「まあ！」ベアトリクスは声をあげ、いきなり笑いはじめた。

「ピエロ、おれとおまえとで、ちょっと話をしたほうがよさそうだな」エルンストが言った。「いいか、ガールフレンドを作るつもりがあるのなら、口のきき方を知らなきゃいけない。女性にむかって、年をとってる、なんて絶対に言っちゃだめだ。そうじゃないかと思った年齢より、いつも五歳若く言え」

「ガールフレンドなんて欲しくないよ」ピエロはすぐに言いかえした。とんでもない話だ。

「今はまだそうだろう。でも、二、三年たったらわからないぞ」

ピエロは首を横にふった。今でもおぼえているが、アンシェルが同じクラスにやってきた転校生の女の子に夢中になり、その子のために物語を書いたり、机の上に花をおいたりしたことがある。ピエロはそのことで、アンシェルに本気で意見しなきゃならなかったが、どうしても親友の気持ちを変えることができなかった。アンシェルは恋をしてしまったのだ。ピエロには、すべてがばかげているとしか思えなかった。

「エルンストはいくつなの？」ピエロはたずねると、運転手の顔がよく見えるよう、身を乗りだして前の二つの座席のあいだに体を入れた。

「二十七だ」エルンストはちらりとピエロを見て言った。「わかるよ、信じられないだろう。おれはまだ紅顔の美少年だからな」

「前を見ててちょうだい、エルンスト」ベアトリクスは落ちついた声で言ったが、その口調から、おもしろがっているのがわかった。「ピエロ、ちゃんとすわりなさい。そんなことしてるとあぶないわよ。車がゆれたら――」

「エルンストはヘルタと結婚するの？」ピエロはベアトリクスをさえぎってたずねた。

「ヘルタ？　どのヘルタだい？」

「メイドのヘルタだよ」

「ヘルタ・タイセンのことか？」エルンストは、なんて恐ろしいことを、とでもいうように大きな声で言った。「なに言ってる！　どうしてまたそんなことを考えた？」

「ヘルタが、エルンストはハンサムで、愉快で、思いやりがある、って言ってたから」

ベアトリクスはまた吹きだし、両手で口を隠して笑うと、「そうなの、エルンスト？」と言って、運転手をからかった。「あのおとなしいヘルタが、あなたに恋してるっていうの？」

「ご婦人方はいつだっておれに恋をするのさ」エルンストは肩をすくめた。「それはおれが背負っていかなきゃならない十字架なんだ。ひと目見たらもういけない。いつまでも忘れられなくなるらしい」そして、パチンと指を鳴らした。「ハンサムも楽じゃないってことだ」

「まあ、謙虚だこと」ベアトリクスは応じた。

「ひょっとしたら、ヘルタはエルンストの制服が好きなんじゃないかな」ピエロは言ってみた。

「女はみんな、制服姿の男が好きだからな」と、エルンスト。

「女はみんな、っていうのはあたってるかもしれないけど」ベアトリクスが言いかえした。「どの制服でもいいってわけじゃないわ」

「おい、ピエロ、人はなぜ制服を着るかわかるか？」運転手は続けた。

ピエロは首を横にふった。

「制服を着てると、好きなことがなんでもできると思えるからさ」

「エルンスト」ベアトリクスは声を落とした。

「人は制服を着ると、ふだん着じゃ絶対にしないような態度でまわりの人たちをあつかえるんだ。襟章(えりしょう)、トレンチコート、革の長靴……制服を身につけると、罪の意識などなしに残酷なことができるようになる」

「エルンスト、やめてちょうだい」ベアトリクスが語気を強めた。

「おれの言ってることはまちがってるかい？」

「まちがってないわ。でも、今ここでそういう話をするのはやめて」

エルンストは口をつぐみ、そこからはだまって運転したが、その間、ピエロはエルンストの言葉を思いうかべ、なにが言いたかったんだろうと考えた。そして、すっかり賛成はできないと思った。ピエロは制服が大好きだし、自分にもあればいいのにと思っている。「あの家に、一緒に遊べる子どもはいる？」少しして、ピエロはきいてみた。

「いないのよ」ベアトリクスは答えた。「町にはたくさんいるけど。もちろん、じきにあなたは学校に通うことになるから、たぶん、友だちはそこでできるわ」

「その子たちは、山の上まで遊びにきてもらえる？」

「いいえ、だんな様はそういうことがおきらいだから」

「ピエロ、これからは、おれたち二人で仲よくしなきゃな」エルンストが運転席で言った。「あそこにはほかに男がいないだろ。女どもときたら、よってたかっておれをいじめるんだ」

「でも、エルンストは子どもじゃないよ」ピエロは答えた。

「そんなに年でもないぞ」

「二十七歳はもう年寄りだ」

「エルンストが年寄りなら」と、ベアトリクスが口をはさんだ。「わたしはどうなっちゃうの？」

ピエロは少しためらい、「原始人だね」と言ってクスクス笑うと、ベアトリクスは、また大笑いした。

「まったく、ピエロときたら」エルンストが言った。「女性についてはまだまだ勉強不足だな」

「パリでは、友だちはたくさんいたの？」ベアトリクスがきいたので、ピエロはうなずいた。

「たくさんいたよ。それから、大きらいなやつが一人いて、そいつは、ぼくのことを、すごく小さいからって、『チビ』って呼ぶんだ」

「いずれ大きくなるわ」というベアトリクスの言葉に、エルンストの「いじめっ子はどこにでもいるもんだ」という声が重なった。

「でも、ほんとうの親友は、アンシェル、っていって、アパートのすぐ下の部屋に住んでたんだ。ああ、アンシェルに会いたいなあ。ぼくが飼ってたダルタニャンっていう犬を預かってもらってるんだ。犬は孤児院につれていけなかったから。ママンが死んだあと、しばらくアンシェルの家に泊めてもらってたけど、アンシェルのお母さんは、ぼくが一緒に暮らすことに反対で……」

「どうしてだい？」エルンストがきいてきた。

ピエロは考え、あの日立ち聞きした、アンシェルの母親と友だちの女の人がキッチンで交わしていた会話を思いだして話そうかとも思ったが、やめておいた。ピエロは今でも、アンシェルのヤムルカをかぶっているところを見つかった時、ブロンシュタインさんがどんなに怒ったか、おぼえている。礼拝にはついてくるな、と言われたことも。

「アンシェルとぼくは、ほとんどいつも一緒にいたんだ」ピエロはエルンストの質問に答えなかった。「あいつが物語を書いてない時は、ってことだけど」

「物語？」エルンストがききかえした。

「アンシェルは、大きくなったら作家になりたいと思ってるんだよ」

ベアトリクスはちらりと笑みを浮かべた。「おまえも作家になりたいの？」

「ううん。何度か書こうとしてみたんだけど、どうしてもうまく書けなかった。でも、話を作ったり、学校で起きたおもしろいことを話したりはよくしていて、そうすると、話を聞いてたアンシェルが一時間くらいいなくなって、それを紙に書いてもってきてくれるんだ。アンシェルはいつも言ってた。『書いたのはぼくだけど、でも、これはピエロの物語だ』って」

これを聞いたベアトリクスは、革張りの座席を指で小きざみにたたきながらなにか考えていたが、すぐにこう言った。「アンシェル……。じつはね、その子の母親がわたしに手紙をくれて、おまえがどこにいるか教えてくれたのよ。ピエロ、そのお友だちの苗字はなんだったたっけ？」

「ブロンシュタイン」

「アンシェル・ブロンシュタイン（ブロンシュタインはユダヤ人に多い姓）ね」

ピエロはまた、おばさんの視線がバックミラーに映ったエルンストの目にむかってちらりと動くのに気づいた。そして、今度は、運転手は深刻な表情を浮かべ、かすかに首を横にふった。

「なんだか、毎日がつまらなくなりそうだなあ」ピエロは沈んだ声で言った。

「学校があるし、そうでない時もいろいろすることがあって、退屈してるひまなんかないわよ」ベアトリクスは言った。「それに、おまえにまかせる仕事がきっと出てくるだろうし」

「仕事？」ピエロは驚いてベアトリクスの顔を見た。

「もちろんよ。山の上の家では、みんな働かなきゃならないの。おまえもそう。『働けば自由になる』（ナチス政権が強制収容所の標語として用いた）と、だんな様がよくおっしゃってるわ」

「ぼくはもう自由だと思ってた」ピエロは言った。

「おれもそう思ってたよ」エルンストが応じた。「でも、どうやら、おれたちは二人ともまちがってたらしい」

「やめて、エルンスト」ベアトリクスがぴしゃりと言った。

「どんな仕事をするの?」ピエロはたずねた。

「まだわからないわ。この件に関しては、だんな様になにかお考えがあるかもしれないし。お考えがなかったら、ヘルタとわたしでなにか考えてあげるから。厨房(ちゅうぼう)でエマを手伝ってもいいしね。あら、そんなに心配そうな顔をしないで、ピエロ。近ごろでは、どんなに若くても、どんなに年をとっていても、ドイツ人はみな、祖国のためになにがしかの貢献をする義務があるんですからね」

「でも、ぼくはドイツ人じゃない」ピエロは言った。「ぼくはフランス人だ」

ベアトリクスは、ぱっとピエロのほうにむきなおった。顔に浮かんでいた笑みが引いていく。「たしかに、おまえはフランス生まれで、母親もフランス人だった。でも、父親は、つまり、わたしの兄さんはドイツ人よ。ということは、おまえはドイツ人でもあるのよ、わかった? これからは、出身地の話はしないほうがいいわ」

「でも、どうして?」

「そのほうが安全だから。そして、もうひとつ、おまえと相談したかったことがあるの。おまえの名前のこと」

「ぼくの名前?」ピエロはベアトリクスの顔を見て、眉をひそめた。

「ええ」ベアトリクスはためらった。それはまるで、自分でも、なんてことを言おうとしてるんだろう、と思っているかのようだった。「おまえのことはもう、ピエロと呼ばないほうがいいと思うの」

　ピエロはびっくりして、口をあんぐりとあけた。おばさんの言葉が信じられなかったのだ。「でも、ぼくは今までずーっと、ピエロって呼ばれてきたんだ。だって……ピエロはぼくの名前じゃないか！」

「でも、それはとてもフランス人っぽい名前なの。だから代わりに、ペーターって呼ぶのがいいんじゃないかしら。ペーターなら同じ名前よ、ただ、ドイツ語版ってだけで。そんなに変わらないわ」

「でも、ぼくはペーターじゃない」ピエロは言い張った。「ぼくはピエロだ」

「お願い、ペーター――」

「ピエロだよ！」

「このことについては、わたしを信用してくれない？　もちろん、心の中では、自分はピエロだと思ってくれていいわ。でも、山の上にいて、お客さんがまわりにいる時は――そしてとくに、だんな様や奥様がいらっしゃる時は――ペーターになるのよ」

　ピエロはため息をつき、「でも、そんなのいやだ」と言った。

「わかってちょうだい。わたしはただ、おまえにとって一番いい道を選んであげてるだけなの。だからおまえをつれてきて、ここで一緒に暮らそうと思ったのよ。おまえを守ってやりたいから。そして、これしかわたしにできることはないから。言うとおりにしてちょうだい、ペーター。たとえ、わたしがたのんでることが、少し妙だと思う時があっても」

三人は、しばらくだまったままでいた。車は山を下っていく。ピエロは、年が明ける前に、自分の生活はどれくらい変わってしまうのだろうか、と思った。

「今から行くのはなんていう町？」ピエロはようやく口をひらいた。

「ベルヒテスガーデン」ベアトリクスが答えた。「もう、そんなに遠くないわ。あと四、五分で着くからね」

「ここはまだザルツブルクなの？」ピエロはたずねたが、それは、上着に留めてあった最後の紙片の地名がザルツブルクだったからだ。

「いいえ、三十キロほどはなれてるわ。今、まわりに見えている山はババリアン・アルプス。あっちが」ベアトリクスはそう言って、左の窓の外を指さした。「オーストリアとの国境。そして、あっちが」今度は右を指さした。「ミュンヘン。ここまで来る途中でミュンヘンを通ったでしょ？」

「うん」と、ピエロは答え、「マンハイムもね」とつけくわえた。そして、あの駅でピエロの指をふみ、しかも、ピエロが痛がるのを楽しんでいるように見えた軍人のことを思いだしていた。「じゃあ、きっとあっちが」ピエロは手を伸ばし、はるか遠くを、山なみのむこうの見えない世界を指さして言った。「パリだね。あっちにぼくの家があるんだ」

ベアトリクスは首を横にふり、ピエロの手を押しさげた。「いいえ、ペーター」そう言うと、うしろをふりかえり、山の頂を見あげた。「おまえの家はあそこ。オーバーザルツベルクの上よ。おまえは、今、あそこに住んでるんだから。パリのことはもう考えちゃいけません。この先、長いあいだ見られないかもしれないし」

ピエロの胸の中で悲しみがどんどん大きくなり、ママンの顔が思いうかんだ。夜、暖炉のそばに二人ならんですわり、ママンは編み物を続け、ピエロは本を読み、あるいはスケッチブックにちょっとした絵を描いている、そんな情景が浮かんできた。ダルタニャンのこと、下の部屋にいるブロンシュタインさんのこと、そして、アンシェルのことを思いだすと、指が自然に動き、キツネの印を、そして犬の印を作った。

〈家に帰りたい〉ピエロは、ここにはいないアンシェルのことを思いながら、指をすばやく動かした。

「なにしてるの？」ベアトリクスがたずねた。

「なんでもない」ピエロはそう言うと、手を横におろし、窓の外を見つめた。

ほどなく、車はベルヒテスガーデンの市場に着き、エルンストは人通りの少ない場所に車を停めた。

「長くかかりそうか？」エルンストはまわりを見まわしてから、ベアトリクスを見て言った。

「それなりにかかると思うわ。服と、それから靴も買わなきゃならないし、髪も切ったほうがいいんじゃないかしら？　もう少しフランス人らしくなく、もう少しドイツ人らしく見えるようにしないと」

エルンストはちらりとピエロに目をやり、うなずいた。「うん、そうだな。見た目がきちんとすれば、それだけ、おれたちみんなが助かる。まだ心変わりするかもしれないからな」

「だれが心変わりするの？」ピエロはたずねた。

「二時間くらいでどう？」おばさんはピエロを無視した。

「わかった」

「何時に――？」

「正午少し前にしよう。集会は一時間くらいのものだろう」

「集会って、なんの？」ピエロは言った。

「なんの集会にも行かないよ」エルンストは答えた。

「でも、今、言ったじゃないか――」

「ペーター、だまりなさい」ベアトリクスはいらついた口調で言った。「人の話を盗み聞きしちゃいけないって教わらなかったの？」

「でも、目の前にすわってるんだもの！」ピエロは言いかえした。「聞こえないわけないじゃないか！」

「気にするな」エルンストがそう言って、ピエロのほうをふりかえり、にっこり笑った。「ドライブは楽しかったか？」

「うん、まあ」

「いずれ、こんなふうに自動車を運転できるようになりたいだろう？」

ピエロはうなずいた。「うん。ぼく、車が好きだから」

「じゃあ、いい子にしてたら、そのうち、おれが教えてやろう。おれの気持ちだ。その代わり、おれのたのみを聞いてくれないか」

ピエロは横にいるベアトリクスの顔を見たが、おばさんはだまっていた。

「やってみるよ」ピエロは答えた。

「いや、やってみるだけじゃだめなんだ」エルンストは言った。「約束してくれないと」

「わかった、約束する。で、なにをすればいいの？」

「おまえの友だち、アンシェル・ブロンシュタインのことだ」

「アンシェルがどうかした？」ピエロは眉をひそめた。

「エルンスト……」ベアトリクスは不安そうな声で言い、身を乗りだした。

「ちょっとだまっててくれ、ベアトリクス」エルンストはこの朝一番の真剣な口調で言った。「おれのたのみは、山の上の家にいる時は、その男の子の名前を絶対に口に出さないでほしいということだ。わかったかい？」

ピエロは、頭がおかしくなったんじゃないかというような目でエルンストを見つめた。「でも、どうして？　アンシェルはぼくの一番の友だちだよ。生まれた時から知ってるんだ。兄弟みたいなものなんだから」

「それはちがう」エルンストは鋭い口調で言った。「その子とは兄弟じゃない。そういうことは言っちゃいけない。考えるだけならいい。でも、絶対に口に出して言うな」

「エルンストの言うとおりよ」ベアトリクスが言った。「ここに来るまでのことはしゃべらないのが一番なの。もちろん、思い出を胸の中にしまっておくのはいいわ。でも、しゃべっちゃだめ」

「いいか、そのアンシェルという男の子のことは絶対にしゃべるな」エルンストは念を押した。

「友だちのことはしゃべれないし、自分の名前も使えない」ピエロはいらついた口調で言った。「ほかにやっちゃいけないことはなに？」

「いや、それだけだ」エルンストはそう言って、にっこり笑った。「約束を守ったら、そのうち運転を教えてやろう」

「わかった」ピエロはのろのろと答えながら、この運転手は少し頭がおかしいんじゃないか、と思った。

こういう人は、急な山道を一日に何度か車で登りおりしなきゃならない仕事にはむいてないんじゃないだろうか。

「じゃあ、二時間後に」エルンストが言い、ピエロたちは車からおりた。

ピエロが車からはなれながらちらりとうしろをふりかえると、運転手が親しみのこもったしぐさでおばさんの肘（ひじ）にふれるところだった。二人は互いの目をまっすぐのぞきこんでいたが、微笑（ほほえ）みはなく、どちらの目も不安そうだった。

市場はとてもにぎやかで、歩いていると、ベアトリクスおばさんは何人か知り合いに出会い、挨拶をしてピエロを紹介し、一緒に暮らすことになったのだ、と説明した。兵士がたくさんいて、酒場の外にすわっている四人は、まだ朝のうちだというのに、タバコを吹かしながらビールを飲んでいた。そして、ベアトリクスが近づいてくるのに気づくと、タバコを投げすてて、背筋を伸ばしてすわりなおした。中の一人はグラスの前にヘルメットをおこうとしたが、背の高いグラスだったので隠しきれなかった。前を通る時、ベアトリクスはわざと兵士たちのほうを見なかったが、ピエロは、おばさんが来たら人があわてるのを見て、いったいどういうことなんだろう、と思わずにはいられなかった。

「あの兵隊さんたちを知ってるの？」ピエロはたずねた。

「いいえ」ベアトリクスは答えた。「でも、むこうはわたしを知ってるのよ。パトロールしてなきゃいけない時間にお酒を飲んでたことを、わたしが報告するんじゃないかと心配してるんだわ。だんな様がいないと、兵隊たちはいつも少し任務にふまじめになるの。さあ、ここよ」衣料品店の前だった。「これなんか、いいんじゃない？」

その後の二時間は、もしかしたら、ピエロの人生でもっとも退屈な時間だったかもしれない。ベアトリクスは、伝統的なドイツ人の男の子の服を着てみなさい、と言ってゆずらなかった。そして白いシャツを着せられ、茶色い革のサスペンダーで吊った革の半ズボンと膝まであるハイソックスを、長ズボンの上から試着させられた。その後、靴屋につれていかれ、そこで足の寸法を測り、みんなが見ている前で、店の中を何度も行ったり来たりさせられた。それがすむと、また最初の店にもどり、寸法直しがすんでいたので、ピエロはまたすべて、ひとつずつ試着しなければならず、ベアトリクスおばさんと店員から、なんてよく似合うんでしょうと言われながら、売り場の真ん中で回ってみせなければならなかった。

ピエロは、自分がうすのろになった気分だった。

「もう帰れる？」ピエロは、ベアトリクスが代金をはらっているのを見て、言った。

「ええ、もちろん。お腹へってる？　お昼を食べていこうか？」

考える必要などなかった。いつだってお腹はすいている。ピエロがそう言うと、ベアトリクスは声をたてて笑った。

「あなたのお父さんそっくりね」

「おばさんにききたいことがあるんだけど」ピエロがそう言ったのは、カフェに入り、スープとサンドイッチをたのんだあとのことだった。ベアトリクスはうなずいた。

「ええ、いいわよ」

「なぜおばさんは、ぼくが小さい時、うちに一度も来なかったの？」

ベアトリクスはなにか考えているようで、食事が運ばれてきてからようやく口をひらいた。「あなたのお父さんとわたしは、子どものころ、あまり仲がよくなかったの。年がはなれているし、共通するところがほとんどなかったから。でも、兄さんが第一次大戦に出征した時は、ほんとうにさみしい思いをしたし、ずっと心配だった。もちろん、兄さんは家に手紙を書いてよこしたし、筋が通ったことが書いてあることもあったけれど、つじつまの合わない時もあった。知ってると思うけど、ヴィルヘルム兄さんは大けがをして――」

「知らなかった」ピエロは驚いた。「そんなこと、知らなかったよ」

「ほんとうよ。なぜ、だれもあなたに話さなかったのかしらね。ある晩、兄さんが塹壕(ざんごう)にいる時、イギリス軍の攻撃を受けて味方は壊滅状態になってしまったの。ほとんど全員が戦死したのに、なぜかあなたのお父さんは逃げおおせた。ただ、肩に銃弾を受けていて、それがほんの少し右にずれていたら死んでいたそうよ。近くの森に隠れて様子をうかがっていると、同じ塹壕でもう一人だけ生きのこっていた若い兵士が、運悪く敵に見つかって引きずりだされたんですって。その兵士の処分をめぐってイギリス兵たちのあいだに言い争いが起き、結局、敵兵の一人が、いきなり銃でその人の頭を撃ってしまったの。兄さんはどうにかドイツ軍の占領地域までもどったものの、出血多量で、わけのわからないことを口走っていたそうよ。その後、応急手当を受けて病院に運ばれ、二、三週間入院していたらしいわ。そして、そのまま病院にいることもできたのに、具合がよくなると、どうしても前線にもどると言ってきかなかった」ベアトリクスはまわりを見まわし、だれにも話を聞かれていないことを確かめてから、声をひそめ、ほとんどささやくように続けた。「たぶん、その時のけがと、前線で目にしたことが重なって、心に深い傷を負ったのね。戦争が終わっても、もう、もとの兄さんじゃなかった。とても怒りっぽくなって、相手がだれであれ、ドイツの勝利をじゃましたと思えば、敵意をむきだしにしたわ。それがもとで、わたしとは仲たがいしてしまったの。わたしは、ものの見方があまりにもせまくなってしまった兄さんを見たくなかったし、兄さんは兄さんで、戦場を知らないおまえになにがわかる、と言ってきかなかった」

ピエロは眉をひそめ、ベアトリクスの話を理解しようとした。「でも、おばさんも、お父さんと同じようにドイツを応援してたんじゃないの?」

「ええ、たしかに、同じドイツ人ではあるわ。でも、ペーター、この話はまたいつかしましょう。おまえがもう少し大きくなったら、たぶん、もっとちゃんと説明してやれると思うわ。もう少し世の中のことがわかるようになったら……。さあ、急いで食べて、もどらなきゃ。エルンストを待たせてしまうわ」

「でも、集会がまだ終わらないんじゃない?」

ベアトリクスはむきなおり、ピエロの顔をにらみつけた。「エルンストは集会になんか行ってないわ、ペーター」それはやや怒ったような口調で、ベアトリクスがこんな話し方をするのは初めてだった。「エルンストは今も、さっき別れた場所で待っているし、わたしたちがもどれば同じ場所にいるのよ。わかった?」

ピエロは少し怖くなって、うなずいた。「うん、わかった」ピエロは、もう二度とこの話題をもちださないでおこうと思った。だが、聞きちがいでないことはわかっていたし、だれがなんと言おうと、聞いた話が変わるわけではなかった。

第7章　悪夢がたてる音

半月ほどたった土曜の朝、ピエロが目をさますと、家中が大さわぎだった。年長のメイドのウーテがシーツやカバーをとりかえ、窓をすべてあけて部屋の空気を入れかえていたし、ヘルタはせわしなく動きまわり、いつもより一段と頬を赤くして、床をはき、モップとバケツを出してふき掃除をしていた。

「ペーター、今日は自分で朝ごはんを用意してちょうだい」ピエロが厨房（ちゅうぼう）に入っていくと、コックのエマにそう言われた。オーブン皿がそこら中においてあり、すでにベルヒテスガーデンから配達の人が来たらしく、調理台の上には新鮮な果物や野菜を入れた木箱がところせましとおかれていた。「やらなきゃならないことは山のようにあるのに、時間は限られてるからね」

「ぼくも手伝おうか？」ピエロがそう言ったのは、この日はたまたま、目がさめてみると少しさみしくて、一日中なにもせずにぶらぶらしているなんて耐えられないと思うような、そういう日だったからだ。

「手伝いはいくらでも必要だけど、腕や経験がある人じゃなきゃ」エマは答えた。「七歳の子どもには無理だよ。あとで、なにか手伝ってもらえることが出てくると思うから。今のところは、ほら」と言って、木箱からリンゴをひとつとり、ひょいと放ってよこした。「これをもって外へ行っておいで。しばらくは、それでお腹ももつだろ」

玄関広間へもどっていくと、ベアトリクスおばさんが紙ばさみをもって立ち、なにかの一覧表を上から指でたどりながら、鉛筆で印をつけていた。

「なにが始まるの？」ピエロはたずねた。「今日はなぜみんなこんなに忙しいの？」

「あと二、三時間もしたら、だんな様と奥様がいらっしゃるからよ。昨夜おそく、ミュンヘンから電報が来たんだけど、だれも予想していなかったものだから。とにかく、とりあえずおまえは、みんなのじゃまにならないようにしているのが一番ね。お風呂は入った？」

「昨日の夜、入ったよ」

「じゃあ、いいわ。それなら本でももって、どこか木の下にでもすわっててくれない？　こんなに天気のいい春の朝なんだし。ああ、そういえば……」ベアトリクスは紙ばさみにはさんである紙をもちあげ、封筒を引っぱりだしてさしだした。

「なに、これ？」ピエロは驚いてたずねた。

「手紙よ」おばさんの口調がきびしくなった。

「ぼくあての？」

「ええ」

ピエロは目を丸くして封筒を見つめた。いったいだれが書いてよこしたんだろう？

「お友だちのアンシェルから」

「どうしてわかるの？」

「あけたからに決まってるでしょ」

ピエロは顔をしかめた。「ぼくあての手紙をあけちゃったの？」

「あけてよかったわ」ベアトリクスは言った。「いいこと、わたしはなんでも、おまえのためを思って
やってるだけなんですからね」

ピエロは手を伸ばして手紙を受けとった。たしかに封筒は上端が切りひらかれ、中身がとりだされて
調べられていた。

「返事を書いてちょうだい」ベアトリクスは続けた。「できれば今日中に。そして、二度と手紙をよこ
すなと伝えるのよ」

ピエロは驚き、ベアトリクスの顔を見あげた。「でも、どうして？」

「きっと、そんなのおかしいと思うでしょうね。でも、この……アンシェルという子から手紙が来ると、
おまえの知らないうちに面倒なことに巻きこまれるかもしれないわ。おまえだけじゃなくて、わたし

も……。この子の名前がフランツとか、ハインリヒとか、マルティンだったらいいんだけど。でも、アンシェルでしょう」ベアトリクスは首を横にふった。「ユダヤ人の男の子から手紙が来るとわかったら、ここではいい顔をされないわ」

　大声で口論が始まったのは、正午少し前のことだった。ピエロが裏庭でボールを蹴って遊んでいると、ベアトリクスが外に出てきて、ベンチにすわったウーテとヘルタが、ピエロを目で追いながらタバコを吸い、うわさ話に花を咲かせているのを見つけたのだ。

「こんなところで、二人そろってのんびりしてるのはどういうこと！」ベアトリクスは言った。「鏡はまだみがいてないし、居間の暖炉も汚れてる。だれも屋根裏部屋から上等の絨毯（じゅうたん）をおろしてないじゃないの」

「ちょっと休憩してただけなのに」ヘルタがため息をつきながら言った。「一日中、一分一秒も息をぬかずに働くなんて無理よ」

「なに言ってるの！　エマから聞いたわよ。あなたたちはもう三十分もここで日なたぼっこしてるって」

「エマは卑怯（ひきょう）だわ」ウーテはふてぶてしい態度で腕組みすると、山のほうに顔をそむけた。

「あたしたちだって、エマのことならいろいろ言えるわよ」今度はヘルタだ。「たとえば、あまった卵がどこへ行くかとか、どうしていつも、食料庫のチョコレートがいつのまにかなくなるのか、とか。もちろん、あの人が牛乳配達のロータルと組んで、どんな悪さをしてるかもね」

「うわさ話に興味はないわ」ベアトリクスは言った。「わたしはただ、だんな様が到着する前に、やるべきことをすべて終わらせておきたいだけ。正直、あなたたち二人の仕事ぶりを見てると、自分が幼稚園の先生になった気がする時があるわ」

「でも、ここに子どもをつれてきたのは、あたしたちじゃなくて、そっちじゃないの」ヘルタが言いかえした。ベアトリクスはしばらくだまりこみ、けわしい目つきでヘルタをにらみつけていた。

ピエロは近づき、このやりとりでどっちが勝つのか、固唾を飲んで見守っていたが、ベアトリクスはピエロがそばに立っているのに気づくと、家のほうを指さして言った。

「中に入ってなさい、ペーター。部屋を片づけるのよ」

「わかった」ピエロはそう言って家の角を回ったが、残りの会話を盗み聞きできるよう、三人から見えないところまで行って立ち止まった。

「さて、あなたは今、なんて言ったのかしら？」ベアトリクスはヘルタのほうにむきなおり、たずねた。

「別になにも」ヘルタは足もとに視線を落とした。

「あの子がどんな目にあってきたかわかってるの？　父親が家を出ていき、列車にひかれて死んだと思ったら、母親が結核で亡くなり、かわいそうに、あの子は孤児院に入れられたのよ。なのに、ここに来てから少しでも問題を起こしたことがある？　ないわ！　きっと内心はまだ悲しくてしかたないでしょうに、愛想よく、礼儀正しくふるまわなかったことがある？　ないわ！　この際だから言うけど、ヘルタ、もう少しあの子に同情してくれてもいいんじゃない？　あなただって、今まで楽な暮らしをしてきたわけじゃないでしょう。だったら、あの子がどういう思いをしてきたか、わかるはずじゃない」

「すみませんでした」ヘルタはぼそりと言った。

「はっきり言いなさい」

「すみませんでした」声が少し大きくなった。

「ヘルタはあやまってるわ」ウーテが言った。

ベアトリクスはうなずいた。「いいでしょう」いくらか口調がやわらいだ。「二度とそういう不愉快なことは言わないでちょうだい。もちろん、二度となまけないように。こういうことがだんな様の耳に入るのはいやでしょう？」

これを聞いた若いメイドたちは、二人ともびくっとして立ち上がり、タバコを靴でもみ消して、エプロンをなでつけた。

「鏡はわたしがみがきます」ヘルタが言った。

「暖炉はわたしが」と、ウーテ。

「よろしい」ベアトリクスは答えた。「絨毯はわたしが自分で出します。さあ、急いで。もうまもなくお着きになるわ。すべて完璧にしておきたいから」

おばさんが家にむかって歩きはじめたので、ピエロは走って中に入ると、玄関広間でほうきをつかみ、自分の部屋がある二階へ上がっていった。

「ペーター」ベアトリクスの声が聞こえてくる。「いい子だから、わたしの部屋の洋服ダンスからカーディガンをもってきてくれない？」

「はあい」ピエロは答えると、ほうきを壁に立てかけ、廊下の突きあたりにある部屋まで歩いていった。おばさんの部屋には、最初の週に家の中を案内してもらった時に一度だけ入ったことがあるが、とりたてておもしろいものはなかった。ベッドに洋服ダンス、整理ダンス、洗面器と水差しといった、ピエロの部屋にあるようなものしかおいてない。ただ、使用人の部屋の中では格段に広い部屋だった。

ピエロは洋服ダンスをあけてカーディガンをとりだしたが、部屋を出ようとした時、前に来た時には気づかなかったものが目に入った。壁に額入りの写真がかけてある。写真にはピエロの両親が写っていて、二人は腕を組み、毛布にくるんだ小さな赤ん坊を抱いていた。エミリーは満面の笑みを浮かべているが、ヴィルヘルムはうつむき、赤ん坊は——もちろんピエロ自身だが——すやすやと眠っていた。右下の隅には、一九二九という年号と、「マティーアス・ラインハルト写真館、モンマルトル」という撮影した店の名前が書かれていた。ピエロはモンマルトルがどこなのか、ちゃんと知っていたし、サクレクール寺院の階段に立っている時にママンから聞いた話もおぼえていた。ママンは、一九一九年、少女のころにもここに来たことがあると言った。ちょうど第一次大戦が終わった直後で、アメット枢機卿による献堂式を見にきたのだそうだ。ママンは蚤の市をぶらつき、路上で画家たちが絵を描いているのを見るのが大好きだった。そして、時には親子三人で午後中散歩を楽しみ、お腹がへれば軽食を食べてから家路についたものだ。モンマルトルの丘は、家族が幸せだった思い出の場所なのだ。パパはまだ、それほど心を病んでいなかったし、ママンも病気にかかっていなかった。

一階へおりていったピエロはおばさんをさがしたが、見えるところにいなかったので大声で呼んでみた。すると、ベアトリクスはすぐに応接間から出てきて、強い口調で言った。

「ペーター！　そういうことは絶対にしないでちょうだい！　この家では、走りまわったり、どなったりしてはいけません。だんな様は大きな音ががまんできない方だから」

「自分じゃ、さわぎ放題だけどね」厨房から出てきたエマが、ぬれた手をふきんでぬぐいながら言った。「気分しだいでかんしゃくを起こしてもなんとも思わないんだから。思いどおりにならないと、ものすごい剣幕でどなりちらすんだよ」

ベアトリクスはさっとふりむき、頭がおかしくなったんじゃないかと言わんばかりの目つきでコックをにらんだ。「そんなことを言ってると、いずれその口が禍いして痛い目にあうわよ」

「あんたから指図されるいわれはないよ」エマはそう言って、ベアトリクスに指を突きつけた。「えらそうにしないでもらいたいね。コックと家政婦は対等なんだから」

「指図してるわけじゃないわ、エマ」ベアトリクスのうんざりした口調から、これまで似たようなやりとりをがまんしてきたことがうかがわれた。「わたしはただ、あなたの言ってることがどんなに危険なことか、わかってほしいだけよ。考えるだけならなにを考えてもいいわ、でも、それを口に出さないで、と言ってるの。この家で分別があるのはわたし一人なの？」

「あたしは思ったことをしゃべるよ」エマは答えた。「いつもそうしてきたし、これからもそうするんだ」

「わかったわ。じゃあ、だんな様にも面とむかってそうすればいい。そしたら、どうなるかわかるでしょうよ」

エマは鼻を鳴らしたが、その表情からして、そんなことをするつもりはなさそうだった。ピエロは、だんな様と呼ばれる人のことが心配になってきた。だれもがこの人を怖がっているように思える。でも、ピエロがここで暮らすことをゆるしてくれたのだから親切な人なんだろう。考えていると、頭がこんがらがってくる。

「あの子はどこだい?」エマはそう言って、まわりを見まわした。

「ここだよ」ピエロは答えた。

「ああ、そこにいたのかい。さがしてる時に限って見つからないんだから。そんなに小さいんじゃ無理もないけどね。そろそろ、少し大きくなる潮時だと思わないかい?」

「その子にかまわないで、エマ」ベアトリクスが言った。

「どうこうしようってつもりはないよ。この子を見てると思いだすんだ、ほら、あの小さな……」エマはなにか思いだそうとして、額を何度もたたいた。「本に出てくる、ほら、あの小さな人たちはなんて言うんだっけ?」

「小さな人たち、って?」ベアトリクスがききかえした。「なんの本?」

「ほら!」エマはあきらめなかった。「男が島に着いたら、自分が巨人に思えるほど、その人たちは小さかったんだよ。男はしばりつけられて……」

「リリパット人だね」ピエロは口をはさんだ。「『ガリバー旅行記』に出てくる」

ベアトリクスもエマも、驚いてピエロを見た。「どうして知ってるの?」ベアトリクスは言った。

「読んだことあるから」ピエロは肩をすくめ、「友だちのアン——」そこまで言いかけて、あわてて言いなおした。「パリで下の階に住んでた男の子がその本をもってたんだ。孤児院の図書室にもあったし」

「自慢げに言うのはおやめ」エマが言った。「ほら、あとで手伝いをたのむかもしれないって言っただろう。思いついたよ。おまえは怖がりじゃないだろうね？」

ピエロはおばさんについていかなきゃいけないんじゃないかと思いながら、ちらりとベアトリクスのほうを見たが、ベアトリクスはカーディガンを受けとると、あっさり、エマの言うことをききなさい、と言った。厨房に入っていくと、ピエロは早朝からずっとただよっている、なにかを焼いているいいにおいを吸いこんだ。卵と砂糖、そして、ありとあらゆる果物をまぜたようなにおいだった。期待をこめてテーブルの上を見わたしたが、皿はみなふきんでおおわれ、その下に隠れている宝物はなにひとつ見えなかった。

「見たり、さわったりするんじゃないよ」エマはピエロに指を突きつけて言った。「あたしがもどってきて、なにかなくなっていたら、だれのしわざかわかるからね。数は全部数えてあるんだ、ペーター。それを忘れるんじゃないよ」二人は裏口から外に出た。ピエロはまわりを見まわした。「ほら、見えるだろう？」エマはそう言って、鶏小屋の中にいるニワトリを指さした。

「うん」ピエロは答えた。

「見にいって、太っているほうから二羽選んで教えておくれ」

ピエロは小屋の前まで歩いていき、じっくりと見くらべた。十羽以上いるニワトリたちは一か所に集まり、立っているやつもいれば、ほかのニワトリの陰に隠れたり、地面をつついたりしているやつもいる。

「あいつだな」ピエロはそう言うと、ニワトリにできる精一杯無気力な顔をしてすわりこみ、あたりを見まわしている一羽にむかってあごをしゃくった。「それから、あいつだ」今度は、走りまわって大さわぎのもとになっているニワトリを指さした。

「よし」エマは肘でピエロを押しのけ、手を伸ばして上げ蓋をもちあげた。ニワトリたちはいっせいにコッコッと鳴きだしたが、エマはすばやく手を突っこみ、ピエロが選んだ二羽の脚をつかんだ。そして体を起こすと、エマの左右の手にはニワトリが一羽ずつぶらさがっていた。

「蓋をとじておくれ」エマはあごの先で鶏小屋をさした。

ピエロは言われたとおりにした。

「よし。じゃあ、今度はあたしと一緒にこっちへおいで。これからやることをほかのニワトリたちに見せる必要はないからね」

ピエロは、いったいなにをするつもりなんだろうと思いながら、エマのあとをついてスキップで建物の角を回っていった。きっと、ここ何日かのうちで、一番おもしろいことになるだろう。ひょっとしたら、ニワトリたちと一緒になにかゲームをするんじゃないだろうか？　それとも、二羽を競争させて、どっちが足が速いか確かめるのかもしれない。

「こいつをもってな」エマは言うと、少し元気のないほうのニワトリをピエロにさしだしたので、ピエロはしぶしぶ受けとり、そいつの脚をもってできるだけ体からはなしてぶらさげた。ニワトリはしきりに首を回してピエロを見ようとしたが、ピエロはつつかれないように体をひねったり、むきを変えたりした。

「これからどうするの？」ピエロが見ていると、エマはもう一羽のニワトリを、ちょうど腰の高さくらいある切り株の上に横たえ、胴の部分をしっかりと押さえつけた。

「こうするんだよ」エマはあいているほうの手を伸ばして斧を拾いあげ、すばやくむだのない動作でニワトリの首にたたきつけると、頭は地面にぽとりと落ちた。一方、胴体のほうは、首のないままあたりをめちゃくちゃに駆けまわりはじめたが、やがて、その足どりもおぼつかなくなり、最後には地面にくずれおちて動かなくなった。

ピエロは恐ろしさのあまり茫然としていると、あたりの風景がぐるぐる回りはじめた。切り株に手を伸ばして体を支えようとしたが、死んだニワトリが流した血の海に手をついてしまい、悲鳴をあげて腰をぬかすと、もっていたもう一羽のニワトリをはなしてしまった。するとそいつは、思いがけない仲間の最期を見とどけていたので、当然のごとく、一目散に鶏小屋めざして駆けもどっていった。

「立つんだ、ピーター」エマは声をかけ、ずんずん歩いていく。「だんな様が来て、おまえがここでこんなふうに尻もちついてるところを見つけたら、はらわたをつかみだされて靴下留めにされちまうよ」

鶏(とり)小屋のほうから、すさまじい音が聞こえてきた。駆けもどったニワトリが、中に入ろうとして狂ったようにあばれているのだ。中のニワトリたちは、それを見てかん高い鳴き声をあげていたが、むろん、彼らにはどうすることもできなかった。逃げてきたニワトリは、なにが起きたのか気づく間もなくエマに捕まり、脚をつかまれて運ばれ、切り株の上に横たえられると、あっという間に、さっきの一羽と同じ、おぞましい最期を迎えた。ピエロは目をそむけることができず、胃がむかむかしてきた。

「そのニワトリの上に吐いて汚しでもしたら」と、エマが斧(おの)を宙にふりかざして言った。「次はおまえの番だよ。聞こえてるかい？」

ピエロはよろよろと立ちあがり、殺戮(さつりく)のあとを見まわした。草の中にニワトリの首が二つころがり、エマのエプロンには飛びちった血が点々とついている。ピエロは厨房(ちゅうぼう)に駆けこみ、バタンとドアをしめた。厨房(ちゅうぼう)から走りでて自分の部屋にもどっても、エマの笑い声とニワトリたちのさわぐ音が耳に届き、やがてそれはひとつに溶けて、悪夢がたてる音になった。

ピエロはベッドに寝そべり、それから一時間近くかけて、今見たばかりの出来事をアンシェルあての手紙に書いた。もちろん、パリの肉屋の店先に吊(つ)るされた首のないニワトリは何百回も見たことがあるし、ママンは少しお金の余裕があれば、それを買ってくることもあった。キッチンの調理台の前にすわったママンが、家にもちかえったニワトリの羽をむしりながら、うまくやればこの一羽が一週間分の夕食のおかずになるのよ、と話すのは聞いていたが、今までニワトリが殺されるところをその目で見たことはなかった。

当然、だれかが殺さなきゃならないんだから、と自分に言いきかせてみる。しかし、ピエロは残酷なことが好きではなかった。おぼえているかぎり幼いころから、どんな形にせよ暴力がきらいで、人とぶつかる場面を本能的にさけてきた。パリの小学校では、些細(ささい)なことでけんかを始める男の子たちがいて、その子たちはそれを楽しそうにやっていた。二人の男の子がむきあってこぶしをかまえると、ほかの子どもたちは輪になってまわりをかこみ、先生の目をさえぎって、はやしたてたものだ。だが、ピエロは見物さえしたことがない。人を傷つけてなにが楽しいんだろう、と思っていた。

そして、それはニワトリが相手でも同じだ、とアンシェルあての手紙に書いた。

ピエロは、アンシェルが書いてよこしたことについてはあまりふれなかった。手紙には、パリの通りはアンシェルのような子どもには危険な場所になってきていて、ゴールドブルームさんのパン屋は窓をたたきわられ、ドアにペンキで「ユダヤ野郎!」と書かれたことや、通りを歩いていて前からユダヤ人ではない人がやってきたら、アンシェルは歩道から溝の中におりなければならないことなどが書いてあった。ピエロがこうしたことについてふれなかったのは、友だちが悪口を言われたり、いじめられたりしていると考えるのはつらかったからだ。
手紙の最後に、これからも手紙をやりとりしつづけるには、名前のかわりに特別な印を使ったほうがいい、と書いた。

ぼくらのつうしんぶんが敵の手におちることはゆるされない！　だから、アンシェル、これからは手紙のさいごにじぶんの名前を書くのはやめよう。かわりに、パリのアパートに住んでたときにきめた印を使うんだ。おまえは「キツネ」のマークを描け。ぼくは「イヌ」のマークを描く。

ピエロは一階におりていくと、エマが、死んだニワトリたちの体にしていることを見たくなかったので、できるだけ厨房（ちゅうぼう）に近づかないようにした。居間では、ベアトリクスがソファのクッションにブラシをかけていた。居間の窓からはオーバーザルツベルクの山々のすばらしい景観がながめられる。壁には縦に細長い旗が二枚かかっていた。真っ赤な布地の中央に白い円があり、その円の中に鉤（かぎ）十字が描かれた旗は目にあざやかで、また不気味でもあった。足音を忍ばせて歩いていくと、ウーテとヘルタとすれちがったが、二人は洗ったグラスをお盆にのせ、主寝室に運んでいくところだった。ピエロは二階にもどり、廊下の突きあたりで立ち止まって、次にどうするか考えた。

左側にある二つのドアはしまっていたが、そのひとつから図書室に入り、書棚の前を歩いてまわりながら、本の題名をざっと見ていった。ちょっとがっかりしたのは、『エーミールと探偵たち』のようにおもしろそうな本が一冊もなかったからだ。ほとんどが歴史書や死んだ人たちの伝記だった。棚のひとつに、同じ本が十冊くらいならんでいた。この家の主が自ら書いた本で、ピエロはぱらぱらとページをめくってから、棚にもどした。

最後に、ピエロは部屋の中央においてあるテーブルに目をとめた。大きな長方形のテーブルの上には地図が一枚広げてあり、なめらかで重そうな石で四隅を押さえてある。見ると、ヨーロッパ大陸の地図だった。

ピエロは身を乗りだし、人差し指をヨーロッパの中心においてみた。ザルツブルクは簡単に見つかったが、山のふもとにあるはずのベルヒテスガーデンの町は見つけられなかった。そのまま指を西にすべらせ、チューリッヒ、バーゼルをすぎてフランスに入り、パリまでたどった。ピエロは、生まれた町やママンやパパが恋しくてたまらなくなった。目をとじると、シャン・ド・マルス公園の芝生にアンシェルとならんで寝そべり、ダルタニャンがかぎなれないにおいを追って走りまわっている光景が浮かんできた。

それにすっかり気をとられていたので、外で人があわただしく動く音がしたのに気づかなかった。玄関の前に車が止まる音、ドアをあけて乗客をおろすエルンストの声も耳に入らず、歓迎の挨拶や、廊下を近づいてくる重い靴音も聞こえなかった。

　そして、だれかがじっとこっちを見ているのに気づき、ようやくピエロはむきなおった。戸口に男が一人、立っていた。背はそれほど高くなく、厚手の灰色のオーバーを着て軍帽を脇にかかえ、鼻の下に小さな口ひげをたくわえている。男はピエロを見つめたまま、手袋の指を一本ずつ、ゆっくりと几帳(きちょう)面(めん)に引きぬいていった。ピエロの心臓は外に飛びだしそうになった。自分の部屋にかかっている肖像画を見ていたので、男がだれなのかはすぐにわかった。

　この家の主(あるじ)だ。

　ピエロは、ここにやってきてから何十回となくベアトリクスおばさんから言われてきたことを思いだし、そのとおりにやろうとした。背筋を伸ばして足をそろえ、一度だけ、すばやく大きな音をたてて踵(かかと)を打ちあわせる。右腕を肩よりわずかに高い位置にさっと上げ、五本の指をそろえてまっすぐ前に伸ばした。そして仕上げに、ベルクホーフに着いて以来何度も練習してきた二つの言葉を、精一杯力強く、はっきりと叫んだ。

「ハイル・ヒトラー！（ヒトラー万歳！）」

第2部

1937
―
1941

第8章　茶色い紙で包まれたもの

ピエロがベルクホーフで暮らしはじめて一年近くたったころ、ヒトラー総統からプレゼントをもらった。ピエロは八歳になっていて、オーバーザルツベルクの山の上での生活を——ピエロのために定められたきびしい日課さえも——楽しんでいた。毎朝七時に起床し、外にある物置まで走っていって、ニワトリのえさを入れた袋——何種類かの穀物や種をまぜたもの——をとってくると、ニワトリたちの朝食用に、鶏(とり)小屋の中にある細長いえさ箱に入れてやる。それから厨房(ちゅうぼう)へ行き、エマがボウルに用意してくれる果物とシリアルを食べ、冷たい水で手早く体を洗うのだった。

週に五日、エルンストがベルヒテスガーデンにある学校まで車で送っていってくれる。ピエロは今のところ一番新しい転校生で、まだ少しフランス語なまりが残っていたので、からかってくる子もいたが、となりの席のカタリーナは決してそういうことはしなかった。

「いじめられっぱなしじゃだめよ、ペーター」カタリーナは言った。「わたし、いじめをする人は大っきらい。ただの臆病者なんだもの。ペーターも、できる時はやりかえさないと」

「でも、そういうやつはどこにでもいるんだ」ピエロは自分を「チビ」と呼んだパリの男の子のことや、デュラン姉妹の孤児院でユゴーにどんな仕打ちを受けたか説明した。

「じゃあ、笑っちゃえばいいのよ」カタリーナは引きさがらなかった。「なにを言われても水みたいに受けながして」

ピエロは少し考えてから、本心を口にした。「こう思うことはない？」おそるおそる切りだす。「いじめられるより、いっそ、いじめる側になっちゃったほうがましなんじゃないかって。そうすれば、だれからも痛い目にあわされないですむよね」

カタリーナはぎょっとした顔で、ピエロを見た。そして首を横にふり、「まさか」ときっぱり言った。「思わないわ、そんなこと。これっぽっちも」

「そうだよな」ピエロはあわてて答え、顔をそむけた。「もちろん、ぼくだって思わないさ」

日が暮れる前、ピエロはいつも、心ゆくまで山の中を走りまわった。高地のせいか、天気がいいことが多く、澄んだ冷たい空気に針葉樹のさわやかな香りがただよい、ピエロが外ですごさない日はめったになかった。木に登り、森の中に入って家から遠くはなれたところまで探検し、帰りは自分の歩いてきた跡と、頭上の空と、見おぼえのある風景だけをたよりにもどってきた。

ピエロは前ほどママンのことを思いださなくなったが、パパのことはときどき夢に見た。決まって軍服姿で、たいてい肩にライフル銃をかけている。そして、アンシェルの手紙には、しだいに返事を出さなくなっていった。アンシェルはピエロの提案どおり、ベルクホーフあての手紙にはすべて、名前の代わりにキツネのマークを描いてよこすようになった。返事を書かずに毎日がすぎていくうちに、ピエロは親友をがっかりさせていることに罪の意識をおぼえるようになったが、アンシェルの手紙を読み、パリで起きている出来事を耳にすると、なにを書けばいいのか、まったく思いつかなくなってしまった。

総統がベルクホーフに滞在することはそう多くなかったが、来ることがわかるといつも大さわぎで、しなければならない仕事が山のようにあった。ウーテはある晩、挨拶もせずにいなくなり、代わりに雇われたヴィルヘルミーナは、いつもクスクス笑っている頭の弱い娘で、総統が近づいてくると、決まってあちこちの部屋に駆けこんでしまう。ピエロは、ヒトラーがときどきじっとヴィルヘルミーナを見ていることに気づいていた。エマは一九二四年からベルクホーフでコックとして働いてきたので、なぜなのか見当がついていた。

「あたしがここへ来た時はね、ペーター」ある朝エマは、朝食を食べながら話しはじめると、ドアをしめ、声を落として続けた。「この家はベルクホーフなんて名前じゃなかったんだ。だんな様が来てからその名前になったのさ。もとは、ハウス・ヴァッヘンフェルトと呼ばれていてね、ハンブルクのヴィンテルご夫妻の別荘だった。ところが、ヴィンテル様が亡くなられると、奥様は行楽にやってくる人にここを貸しだすようになったんだ。あたしにとっては災難だったよ。なぜって、新しい客が来るたびに、どんな食材が好きで、どういう料理法がお気に召すのか調べなきゃならなかったからね。今でもおぼえているよ、だんな様が最初にここにお泊まりになったのは一九二八年のことで、アンゲラさんとゲリをつれて――」

「だれ?」ピエロはたずねた。

「だんな様のお姉様と姪っ子だよ。アンゲラさんは、今はおまえのおばさんがやってる仕事をしてたんだ。その夏、だんな様はここへ来ると、――もちろん、そのころはまだヒトラー様と呼ばれていて、今のように総統閣下じゃなかったけど――、肉は食べない、っていうじゃないか。そんな人がいるなんて、あたしは聞いたこともなかったし、妙な話だと思ったものさ。でも、そのうちに、お好みの料理の作り方をおぼえていったよ。ありがたいことに、あたしたちが好きなものを食べちゃいけないとはおっしゃらなかったし」

この話が聞こえたかのように、裏庭でニワトリたちがさわいだ。まるで総統閣下が食事の好みをほかの者にも押しつけてほしいと願っているかのようだった。

「アンゲラさんは気の強い女性でね」エマは腰をおろして窓の外を見やり、九年前に思いをはせた。

「しょっちゅう、だんな様と言い争いをしていたっけ。それはいつも、自分の娘のゲリのことだったみたいだよ」

「その子は、ぼくくらいの年だったの？」ピエロは、幼い少女が自分と同じように毎日山の上を走りまわっている姿を想像した。そして、いつかカタリーナにここへ来てもらうのもいいんじゃないかと思った。

「いいや、もっとずっと大きかった」エマが答えた。「二十歳くらいだったんじゃないかねえ。だんな様ととても親しくしていた時期があって、あれはちょっと行きすぎだったのかもしれないね」

「どういう意味？」

エマは一瞬ためらってから、首を横にふった。「たいしたことじゃないんだ。こんな話はしちゃいけなかったね。とくにおまえには」

「でも、どうして？」ピエロの好奇心はふくらんでいった。「話してよ、エマ。だれにも言わないって約束するから」

エマはため息をついたが、じつは、うわさ話をしたくてたまらないことがピエロにも見てとれた。

「わかったよ」とうとうエマは折れた。「でも、今から話すことを、ちょっとでも口にしたら――」

「だれにも言わないから」ピエロは急いで言った。

「じつはね、ペーター、当時、だんな様はもう国家社会主義ドイツ労働者党（一般に「ナチ党」「ナチス」

とも）の党首になっていて、しかも、この政党は議会でますます多くの議席を獲得するようになっていたんだ。だんな様は支持者をどんどんふやしていて、ゲリはそんなだんな様の気を引くのを楽しんでいた。ただ、それもゲリがあきてしまうまでのことだった。ところが、ゲリにその気がなくなっていったのに、だんな様はまだゲリのことがかわいくて、あとを追いまわしてた。でも、その後ゲリが、当時だんな様の運転手をしていたエーミールと恋仲になったものだから、ひと騒動あってね。かわいそうに、エーミールは運転手の仕事をくびにされてしまったんだよ。もっとも、命が助かっただけでもよしとしなきゃね。ゲリはひどく落ちこんで、アンゲラさんは激怒したのに、だんな様はゲリをはなそうとしなかった。そして、どこへでも一緒についてくることを求めたものだから、かわいそうなゲリはだんだん口数が少なくなりふさぎこんでいったのさ。だんな様があんなふうにヴィルヘルミーナのことをじろじろ見るのは、ゲリを思いだすからなんだと思うよ。よく似てるからね。大きな丸顔に茶色い瞳、頬のえくぼ……。おつむが弱いところまでそっくりさ。じつはね、ペーター、あの娘が初めてここへ来た時、あたしは幽霊を見てるんじゃないかと思ったくらいなんだ」

ピエロはエマが料理にもどってからも、しばらくこのことを考えていた。そして、使ったボウルとスプーンを洗いおえ、食器棚にもどすと、最後にひとつだけ、エマに質問をぶつけた。

「幽霊って？　なぜ？　ゲリになにがあったの？」

エマはため息をつき、頭をふった。「ゲリはミュンヘンへ行ったんだよ。だんな様がつれていったんだよ。どうしても目の届くところにおいておきたかったんだろう。そしてある日、だんな様が、プリンツレーゲンツェンプラッツのアパートに、ゲリを一人残して出かけていくと、ゲリはだんな様の寝室に入って引きだしから銃をもちだし、自分の胸を撃ちぬいたのさ」

エーファ・ブラウンは、総統がベルクホーフにやってくる時は、ほとんどいつもついてきた。そしてピエロは、この女性を必ずフロイラインと呼びなさいと、きびしく言われていた。エーファは長身で金髪、青い瞳をした二十代前半の女性で、いつも、とてもおしゃれな服装をしていた。ピエロはこの人が同じ服を二度着ているところを見たことがなかった。

「ここにあるものは全部処分しておいてくれる？」エーファは以前、週末の滞在を終えてベルクホーフから帰る時、洋服ダンスの扉をあけ、ずらりとならんだブラウスやドレスに手をふれながら、ベアトリクスにそう言ったことがある。「これはもう去年のファッションだから。ベルリンのデザイナーたちが、新しいコレクションのサンプルを直接送ってくれる約束なの」

「恵まれない人たちに分けましょうか？」ベアトリクスはそう言ってみたが、エーファは首を横にふった。

「いいえ。わたしの肌に一度でもふれた服を、裕福だろうと困窮していようと、だれかほかのドイツ人女性が身につけることは認められないわ。ゴミと一緒に裏の焼却炉に放りこんでちょうだい。わたしはもう着ないから。燃やしてしまって、ベアトリクス」

エーファは、ピエロにあまり注意をはらわなかった。少なくとも、総統よりはるかに無関心だったことはまちがいないが、ときおり廊下ですれちがった時に、まるで小犬にするように、ピエロの髪をくしゃくしゃと乱したり、あごの下をくすぐったりすることはあった。そして、「かわいいペーターちゃん」とか、「天使みたいねえ」などと、気恥ずかしくなるようなことを口にした。ピエロは上からものを言われるのが好きではなかったし、エーファがピエロを使用人としてあつかうのか、それとも、やっかいな間借り人や、ただのペットとしてあつかうのか、決めかねているのもわかっていた。

総統からプレゼントをもらったのは、ある日の午後のことで、ピエロは庭に出て、母屋からさほど遠くないところで、ヒトラーの愛犬のジャーマン・シェパード、ブロンディ相手に木の枝を投げていた。

「ペーター！」外に出てきたベアトリクスが、ピエロにむかって手をふった。「ペーター、こっちへ来てちょうだい！」

「遊んでるんだよ！」ピエロは大声で言いかえし、ブロンディがくわえてきたばかりの枝を拾いあげ、また投げた。

「ペーター、早く！」ベアトリクスはあきらめなかった。ピエロはうめき声をもらすと、おばさんに近づいていった。「あの犬と仲がいいのね」ベアトリクスは言った。「おまえを見つけたければ、犬の鳴き声をたどってくればいいわ」

「ブロンディはここが大好きなんだ」ピエロはそう言って、にっこり笑った。「総統閣下にたのんでもいいかな？　ブロンディをベルリンにつれてかえらないで、今からはずっとこっちにおいてくれませんか、って」

「わたしならそんなことはしないわね」ベアトリクスは首を横にふった。「その犬をどれほどかわいがっていらっしゃるか、知ってるでしょ」

「でもこいつは山の上が好きなんだ。それに、聞いた話だと、ブロンディは党本部にいる時は、会議室にとじこめられているから外で遊べないんだって。おばさんも知ってるだろ？　ブロンディは、車が着くといつも、元気いっぱいに飛びだしてくるじゃないか」

「お願いだから、そんな話はしないで。総統閣下にたのみごとなんてしちゃだめ」

「でも、自分のためじゃないんだ！」ピエロは引きさがらなかった。「ブロンディのためじゃないか！きっと総統閣下はかまわないって言ってくれるよ。ぼくがたのめば――」

「ずいぶん親しくなったのね」ベアトリクスの声は、どことなく不安そうだった。

「ぼくとブロンディのこと？」

「おまえとヒトラー様のことよ」

「総統閣下、って言わなきゃいけないんじゃない？」

「もちろん、そのつもりで言ったのよ。でも、そうなんでしょ？　あの方がここにいらっしゃる時は、ずいぶん二人ですごしてるじゃない」

ピエロは考えた。そして、なぜなのか思いあたり、目を見ひらいて言った。「一緒にいると、パパを思いだすからなんだ。ドイツのことを話してる時の感じが似てるんだよ。この国の運命とか歴史とか、国民に対する誇りとか、そういう話をする時の感じが、パパそっくりなんだ」

「でも、あなたのパパじゃないわ」

「うん、ちがうよ」ピエロは認めた。「だって、朝までお酒を飲んだりしないもの。いつも働いてるんだ。みんなのために。祖国の未来のために」

ベアトリクスはピエロを見つめて頭をふると、顔をそむけ、山々の稜線（りょうせん）に目をやった。ピエロは、おばさんが急に寒気を感じたんだろう、と思った。というのも、ふいに身ぶるいして腕を体に巻きつけたからだ。

「それはそうと」ピエロはもどってブロンディとまた遊べないかと思っていた。「なにかぼくに用？」

「わたしじゃないわ」ベアトリクスは答えた。

「総統閣下が？」

「ええ」

「早く言ってよ」ピエロは大声で言うと、おばさんの横を走りぬけて家にむかったが、どんな目にあうか心配だった。「待たせちゃいけないってわかってるだろ！」

ピエロは総統の執務室めざして廊下を走っていったので、横の部屋から出てきたエーファとぶつかりそうになった。すると、うしろからエーファの腕が伸びてきてピエロの両肩をつかみ、指が深く食いこんできたので、ピエロは思わず身をよじった。

「ペーター」エーファはぴしゃりと言った。「家の中では走らないで、って言ったでしょう？」

「総統閣下に呼ばれたんです」ピエロはすかさず言うと、エーファの手をふりはらおうとした。

「総統があなたを？」

「はい」

「わかったわ」エーファは壁の時計をちらりと見あげた。「でも、あまり時間をとらせないでね、いい？　もうすぐ夕食の時間だから。今夜は食事の前に、あの人に新しいレコードを聞かせてあげようと思って。音楽を聞くと、いつも消化がよくなるから」

ピエロははずむようにエーファの前を走っていくと、オーク材の大きなドアをノックし、声がするのを待って、中へ入った。ドアをしめ、机の前までまっすぐ歩き、この一年間、数えきれないほどやってきたように、踵(かかと)を打ちあわせ、片腕を前に伸ばして敬礼した。これをやると、いつも自分がえらくなったような気がする。

「ハイル・ヒトラー！」ピエロは声を張りあげた。

「ああ、ペーター」総統はそう言うと、万年筆のキャップをはめ、机の前に出てきてペーターを見た。

「やっと来たか」

「ごめんなさい、総統閣下」ピエロは言った。「おくれてしまって」

「なぜおくれた？」

ピエロは一瞬ためらった。「あの、外で話しかけてきた人がいて、それだけです」

「だれだ、そいつは？」

ピエロは口をひらき、言葉は舌の先まで出てきていたが、それを声にするのが怖かった。ベアトリクスおばさんに迷惑をかけたくない。でも、すぐに伝言を伝えなかったおばさんが悪いんだ、と自分に言いきかせた。

「まあ、いい」ヒトラーは、すぐにそう言った。「おまえはこうして、ここにいるんだから。すわりなさい」

ピエロはソファのできるだけ前にすわり、背筋をぴんと伸ばした。ヒトラーはむかいあわせにおいた肘(ひじ)かけ椅子に腰かけた。ドアの外側をひっかく音がしたので、ヒトラーはちらりと目をやった。「入れてやれ」言われたピエロはあわてて立ちあがり、引きかえしてドアをあけた。小走りに入ってきたブロンディは、あたりを見まわして主人を見つけると、近づいて足もとに腹ばいになり、疲れたようにあくびをした。「いい娘(こ)だ」ヒトラーはそう言うと、手を伸ばして犬の頭をなでた。「外で遊んでいたのか？」ヒトラーはピエロにむかって言った。

「はい、総統閣下」

「なにをしていた？」

「枝を投げて、ブロンディにとってこさせていました」

「おまえはブロンディのあつかいがうまいな、ペーター。どうもわたしは、こいつのしつけにむいていないらしい。どうしても叱れないのだ。それが問題だな。やさしすぎるのだろう」

「ブロンディはとてもかしこいので、そんなに大変じゃありません」ピエロは答えた。

「かしこい血統だからな」ヒトラーは答えた。「こいつの母親も頭がよかった。犬は飼ったことがあるのか、ペーター？」

「はい、閣下。ダルタニャンです」

ヒトラーは微笑んだ。「わかったぞ。デュマの『三銃士』の一人だな」

「いいえ、閣下」

「ちがったか？」

「はい、閣下」ピエロはくりかえした。「三銃士はアトス、ポルトス、アラミスです。ダルタニャンはただの……えーっと、三銃士の友だちです。でも、一緒に働いていたんですけど」

ヒトラーはまた笑みを浮かべた。「そういうことをどこで知った？」

「お母さんがとても本好きだったんです。子犬のころにお母さんが名づけました」

「犬種は？」

「よく知りません」ピエロは答え、眉をよせた。「いろいろ、少しずつまじってると思います」

ヒトラーは顔をしかめた。「わたしは純血種のほうが好きだ。じつはな」と、いかにばかげた話かをあざわらうような口調で続けた。「ベルヒテスガーデンの町民の一人が、自分の飼っている雑種犬をブロンディとかけあわせたいのだが、どうだろうか、と言ってきたことがある。その男の求めは厚かましいだけでなく、不愉快きわまりなかった。ブロンディのような犬が、そのような下等なけだものとじゃれあって血統を汚すなどということは決してゆるせるものではない。おまえの犬は今どこにいる？」

ピエロは、ママンが死んだあと、ダルタニャンがどうしてブロンシュタインさんとアンシェルのところで暮らすことになったのかという話をしかけたが、ベアトリクスとエルンストから、総統の前では絶対にアンシェルの名前を出すなと釘を刺されていたことを思いだした。

「死にました」ピエロは床に目を落とし、うそをついていることが顔に出ないことを願った。事実を偽っていると見破られ、総統の信頼を失うのはいやだった。

「わたしは犬が大好きだ」ヒトラーは、なぐさめの言葉もかけずに続けた。「わたしの大のお気に入りは、戦時中、イギリス軍から脱走してドイツ軍側にやってきた、白黒ぶちの小さなジャックラッセルテリアだった」

ピエロは疑わしそうな表情を浮かべ、ちらりと顔を上げた。犬の脱走兵なんて、ちょっと信じられないように思えたのだが、総統は笑みを浮かべて人差し指をふった。

「わたしが冗談を言っていると思うかもしれないが、ペーター、これはほんとうにあった話なんだ。わたしのかわいいジャックラッセルテリアは——フクスル、つまり子ギツネと呼んでいたんだが——、もとはイギリス軍のマスコットだった。彼らは塹壕の中で小さな犬を飼うのが好きでな、なんと残酷な連中じゃないか。伝令犬として使われていたものもいるし、迫撃砲の探知機代わりに使われた犬もいる。犬は人間よりはるかに早く、落ちてくる砲弾の音を聞きとることができる。そうして、犬は多くの命を救ってきた。塩素ガスやマスタードガスのにおいをかぎとり、飼い主に知らせることもできる。それはともかく、小さなフクスルは、ある夜、敵味方のあいだにある無人地帯に走りでた。あれは、たしか……えーっと……一九一五年のことだったと思う。そして、砲弾の飛びかう中を無事に走りきり、わたしのいた塹壕の中に、まるで軽業師のように跳びこんできたのだ。信じられるか？ そして、わたしの腕に抱きとめられた瞬間から二年間、片時もそばをはなれなかった。今まで出会ったどんな人間より忠実で、しかも、その忠誠心はゆるがなかった」

ピエロは小さな犬が銃弾をかわし、敵味方の兵士たちの吹きとばされた手足や飛びちった内臓に足をとられながら、戦場を疾走している姿を想像しようとした。こういう話は前にもパパから聞いたことがあったが、考えただけで胃がむかむかした。「その犬はどうしたんですか？」ピエロはたずねた。

総統は表情を曇らせ、低い声で答えた。「フクスルは恥ずべき窃盗行為によって、わたしの手から奪われてしまったのだ。一九一七年の八月、ライプツィヒを出てすぐの駅で、一人の鉄道労働者がフクスルを二百マルクで売ってくれないかと言ってきたので、その千倍の金額でも売るつもりはないと答えた。ところが、列車が駅を出る前にトイレへ行き、席にもどってみると、フクスルは……わたしの子ギツネはいなくなっていた。盗まれたのだ！」総統は鼻息をたてて唇をゆがめ、怒りに声を荒らげた。その日からもう二十年がたっているというのに、この出来事への憤りがおさまっていないのは明らかだった。

「わたしのかわいいフクスルを盗んだ男を見つけたら、どうすると思う？」

ピエロが首を横にふると、総統は身を乗りだし、手ぶりで、ピエロにも同じことをするよう示した。ピエロが顔を近づけると、総統は片手を口の横にそえ、ピエロの耳にささやいた。どれも短い三つの文を、はっきりと……。言いおえて体を起こしたヒトラーの顔に、微笑みに似たなにかがよぎった。ピエロも体を起こしたが、だまっていた。ブロンディを見おろすと、犬は片目をあけ、まったく表情を変えずにちらりとピエロを見あげた。ピエロは総統と二人ですごす時間が大好きで、それはいつも自分がとてもえらくなったように感じるからだったが、この時に限っては、すぐにでもまたブロンディと外に出て、森の中に木の枝を投げこんだり、全速力で走ったりしたくなった。楽しみのために。枝を拾わせるために。そして、自分の命を守るために。

「でも、もう、この話はたくさんだ」総統は言うと、話題を変えたいという印に、肘かけ椅子の横を三度たたいた。「おまえにプレゼントがある」

「ありがとうございます、総統閣下」ピエロはびっくりした。

「おまえくらいの年の男の子がみなもつべきものだ」ヒトラーが机のとなりにあるテーブルを指さすと、そこには茶色い紙で包まれたものがおいてあった。「あれをとってきてくれないか、ペーター」

ブロンディは、とってくる、という言葉に反応して頭をもたげたが、ヒトラーは笑い声をたててブロンディの頭をなで、楽にしていろ、と言った。ピエロは歩いていって包みを手にとると、中にはなにかやわらかいものが入っていた。両手でもちあげてそっと運び、総統にさしだす。

「いや、わたしは中身を知っている」ヒトラーは言った。「おまえにだ、ペーター。あけてみなさい。きっと気に入るだろう」

ピエロの指は包みにかけてある紐をほどきはじめた。プレゼントなど、もうずいぶん長いあいだもらっていなかったので、こうしてもらってみると胸がはずんだ。

「ありがとうございます」

「早くあけてみろ」総統は言った。

紐がゆるむと、ピエロは茶色い包み紙のあいだから手を入れ、中身をとりだした。入っていたのは、黒い半ズボンにカーキ色のシャツ、靴、濃紺の上着、黒いネッカチーフ、そして、やわらかい茶色の帽子だった。シャツの左袖には、黒地に白い稲妻が描かれたワッペンが縫いつけられている。

ピエロは、不安と欲望の入りまじった気持ちで包みの中身を見つめた。そして思いだした。列車で出会った少年たちが、これとよく似た服を着ていたっけ。少しデザインはちがうけれど、同じように権威を感じさせる。あの時、少年たちはピエロをいじめ、兵長のコトラーはピエロのサンドイッチを盗んだのだった。ピエロは迷った。自分もああいう人間になりたいんだろうか？　でも、あの少年たちはなにも恐れていなかったし、目的をもった仲間だった。ちょうど、三銃士とダルタニャンのように……。ピエロは、自分も、なにも恐れずにいたい、と思った。そして、なにかの一員になりたい、と。

「これは、とても特別な服だ」総統は言った。「むろん、ヒトラーユーゲントのことは聞いたことがあるだろう」

「はい。オーバーザルツベルク行きの列車に乗った時、同じ車両で出会いました」

「では、少しは知っているな。わが国家社会主義ドイツ労働者党は、わが国の理想の実現にむけ、大きく前進している。ドイツを率いて世界中でめざましい実績をあげることはわたしの使命であり、それはいずれ達成されることを約束しよう。だが、その理想のための戦いに加わるのに幼すぎることはない。おまえくらいの、あるいは、少し年上の少年たちが、わたしに忠誠をつくし、われわれの政策や、過去に行なわれたあやまちを正す決意を支持していることに、わたしはいつも感銘を受けている。わたしがなんの話をしているか、おまえにもわかるだろう？」

「はい、少しは」ピエロは答えた。「お父さんもよく、そういう話をしていました」

「よろしい」総統は言った。「そういうわけで、われわれは若者たちができるだけ早いうちにわが党の党員になることを奨励している。まずはドイツ少年団だ。じつは、おまえはまだ少し年齢が足りないのだが、わたしが例外的に許可する。いずれ、もう少し大きくなれば、ヒトラーユーゲントのメンバーになる。女子のための組織もあって、ドイツ女子青年団という。つまり、未来の指導者たちの母親となる女性たちの重要性を、われわれが過小評価していない証だ。さあ、それを着てみなさい、ペーター。わたしに制服姿を見せてくれ」

ピエロはまばたきして、そのひとそろいの服に目を落とした。「今ですか、閣下？」

「もちろんだ。自分の部屋で着がえてきなさい。すべて身につけたら、ここへもどってくるんだ」

ピエロは部屋へ行き、靴とズボンとシャツとセーターをぬぎ、もらったばかりの服に着がえた。どれも体にぴったりだった。最後に靴をはき、踵（かかと）を打ちあわせる。今までの靴よりはるかに力強い音がした。壁にかかっている鏡にむきなおり、そこに映る姿を見た時、それまでわずかに感じていたかもしれない不安はたちどころに消えた。これまで生きてきて、こんなに自分が誇らしく思えたことはない。そして、またクルト・コトラーとのやりとりがよみがえり、ああいう力をもてたらどんなにすばらしいだろうと思った。奪われる一方ではなく、ほしいものを、ほしい時に、望む相手からとりあげることができるのだ。

総統の執務室にもどった時、ピエロは顔いっぱいに笑みを浮かべていた。「ありがとうございます、総統閣下」

「礼にはおよばん」ヒトラーは答えた。「だが、忘れるなよ。この制服を着た者は、われわれのルールにしたがい、おのれのすべてをかけて、わが党とわが祖国の進歩を追求しなければならない。われわれはみな、そのために、こうしてここにいるのだ。ドイツを再び偉大な国にするためにな。さあ、もうひとつ、すべきことがある」ヒトラーは机の前へ歩いていくと、重なった書類の中をさぐり、なにか言葉が書きつけてある一枚のカードを見つけだした。そして、「ここへ来なさい」と言って、壁にかかっている縦に細長いナチスの旗を指さした。赤い布の中ほどに白く染めぬかれた円があり、その中心におなじみの鉤十字が描かれている。「このカードをもち、書かれた言葉を読みあげるのだ」

ピエロは言われた場所に立ち、まずゆっくりと自分だけで読んでから、不安そうな顔で総統を見あげた。こんな奇妙な気持ちになったことはない。目の前の言葉を声に出して読みあげたいと思う一方で、読みあげたくないと思う気持ちもあった。

「ペーター」ヒトラーは、おだやかな声でうながした。

ピエロはひとつ咳ばらいをし、背筋を伸ばして読みはじめた。「われらが総統閣下の象徴たるこの血の色の旗のもと、わたしは全身全霊を、わが祖国の救世主アドルフ・ヒトラー総統閣下に捧げることを誓います。この命を総統閣下のためにいつでも喜んで投げだす覚悟です。神のご加護のあらんことを」

総統は微笑んでうなずき、ピエロの手からカードをとった。ピエロは小さな手がふるえていることに、総統が気づきませんようにと願った。

「よかったぞ、ペーター」ヒトラーは言った。「今後は、わたしの前では、この制服以外のものを着ないように。わかったな？　同じものをおまえの部屋のタンスに三組入れさせておく」

ピエロはうなずき、もう一度敬礼すると、執務室を出て階段をおりていった。こうして制服を着ていると、自信がわき、少し大人になった気がした。ぼくは今、ドイツ少年団の一員だ、そう自分に言いきかせる。それも、ただの団員じゃない。えらい団員だ。アドルフ・ヒトラーその人から制服をもらった少年が、いったいほかに何人いるというのか？

パパが生きていれば、どんなにほめてくれただろうか。

廊下を曲がると、壁のくぼんだところにベアトリクスと運転手のエルンストが立ち、小声で話をしていた。少しだが、話の一部がピエロの耳に聞こえてきた。

「いや、まだ早い」エルンストが言った。「でも、もうすぐだ。とりかえしがつかなくなる前に、必ず行動を起こすから」

「することはわかっているわね」ベアトリクスがたずねた。

「ああ。すでに話は――」

エルンストはピエロに気づき、口をつぐんだ。

「ペーター」

「ほら！」ピエロは腕を広げてみせた。「見てよ！」

ベアトリクスは一瞬言葉を失ったが、どうにか笑顔を浮かべてみせた。「似合ってるわ。本物の愛国者ね。真のドイツ人だわ」

ピエロはにっこり笑い、エルンストに顔をむけたが、運転手は笑っていなかった。

「おまえはてっきりフランス人だと思っていたよ」エルンストは帽子のつばに手をやってベアトリクスに挨拶すると、玄関ドアをあけた。明るい午後の光の中へ出ていくエルンストのシルエットが、白と緑の風景に溶けこんでいった。

第9章　靴職人と兵士と王様

ピエロが八歳になるころには、総統はピエロとますます親しく接するようになっていた。そして、どんな本を読んでいるかにも関心をよせ、書棚のどの本を読んでもかまわないと言って、自分が感銘を受けた作家や本をすすめた。トーマス・カーライルが書いた十八世紀のプロイセン王フリードリヒ二世の伝記をくれたこともある。分厚い本で活字も小さく、ピエロは第一章も読みとおせないんじゃないかと思った。

「偉大な戦士だった」ヒトラーは、人差し指で本のカバーをたたきながら説明した。「国際的視野をもち、芸術を奨励した。目標達成のために戦い、世界を浄化し、再び美しくする。理想の人生だ」

ピエロは総統自らが書いた本、『わが闘争』さえも読んだ。カーライルよりは理解しやすかったが、それでも、むずかしかった。とくに興味をもったのは、第一次大戦に関する部分で、それはもちろん、ピエロの父親のヴィルヘルムがつらい思いをした戦争だったからだ。ある日の午後、山荘をとりまく森の中でブロンディを散歩させている時、ピエロは総統に、兵士としてどんな経験をしたのかたずねてみた。

「最初は、伝令兵として西部戦線に配属された」ヒトラーは語った。「フランスとベルギーの国境ぞいに展開していた部隊のあいだで、命令や報告の伝達をする任務だ。だが、その後、イープルの塹壕やソンム川、パシャンデールで戦った。終戦の直前には、マスタードガスによる攻撃を受けて失明しかかった。のちに、ドイツ国民が降伏後に受けた屈辱を見るよりは、あの時、目が見えなくなっていたほうがましだと思ったこともある」

「ぼくのお父さんもソンム川で戦いました」ピエロは言った。「お母さんはいつも、お父さんは戦死ではないけれど、あの人を殺したのは戦争だ、って言っていました」

総統は、ピエロの言葉を片手のひとふりでしりぞけた。「おまえの母親は愚かな人間のようだな。祖国ドイツのさらなる栄光のために死ぬことは、だれもが誇りに思うべきだ。ペーター、おまえの父親の記憶は名誉に思うべきものだぞ」

「でも、お父さんは、家に帰ってきた時、重い病気にかかっていました。そして、とてもひどいことをしました」

「というと?」

ピエロは父親がしたことを思いだすのがいやで、最悪の出来事のいくつかを順を追って話しはじめると、声が小さくなり、顔は下をむいてしまった。総統は表情を変えずに耳を傾けていたが、ピエロが話しおえると、なんの問題もないと言わんばかりに首を横にふり、こう言った。「われわれは、自分たちのものをとりもどすだけだ。領土と尊厳をとりもどし、自らの運命を自らの手ににぎるのだ。ドイツ国民の奮闘とそれによる勝利によって、われわれの世代は後世に名を残すだろう」

ピエロはうなずいた。このころには、すでに自分をフランス人とは思わなくなっていた。そして、ようやく身長が伸びはじめ、長くなった手足をおさめるために、つい最近、新しいドイツ少年団の制服を二組もらったこともあって、自分はドイツ人だと考えるようになった。なにしろ、総統から聞いた話では、いずれ全ヨーロッパはドイツのものになるのだ。国籍など問題ではなくなるだろう。「われわれはひとつになる」と、ヒトラーは言った。「同じ旗のもとに統一される」そして、ピエロの腕章についている鉤十字を指さした。「その旗のもとにな」

この滞在中、総統はベルリンにたつ前に蔵書の中からもう一冊の本を選び、ピエロに与えた。ピエロはその本の題名をゆっくりと声に出して読んだ。「『国際ユダヤ人……』」一音、一音、ていねいに発音してみる。「『……世界最大の問題』ヘンリー・フォード著」

「そう、あの自動車会社を作ったアメリカ人だ」ヒトラーは説明した。「だが、彼はユダヤ人の性質、ユダヤ人の欲深さ、ユダヤ人が私財の蓄積にはげむことを理解している。私見だが、フォード氏は車を作るのをやめて大統領に立候補すべきだ。この人物となら、ドイツはともに進んでいける。彼となら、わたしは仕事ができるだろう」

　ピエロは本を受けとり、アンシェルはユダヤ人なのに、今総統が口にしたような特徴はひとつもなかったことは考えまいとした。そして、とりあえずその本はベッド横の戸棚の引きだしにしまい、『エーミールと探偵たち』にもどった。これを読めば、心はいつもパリの家にもどれる。


　数か月後、オーバーザルツベルクの山々に秋の霜がおりはじめたころ、エルンストはザルツブルクまで車を走らせ、フロイライン・エーファ・ブラウンを乗せて帰ってきた。エーファがベルクホーフに来たのは、とても大切な客人を迎える準備をするためだった。客たちの好みの料理のリストをわたされたエマは、信じられないという表情で首をふった。

「まあ、なんて好ききらいのない人たちだこと！」エマは皮肉を言った。

「みなさん、それぞれの暮らしぶりがあるのよ」エーファはすでに、準備しなければならないことの多さにあわてていた。そして、歩きまわっては相手かまわず指を鳴らし、もっと急ぐよう求めた。「総統閣下は、今回のお客様は、その……王族なみの待遇でお迎えするようにとおっしゃっています」

「この国は、ヴィルヘルム二世を最後に、そういう人たちに興味がなくなったと思ってたんだけどね」エマはつぶやくと、腰をおろし、ベルヒテスガーデン近郊の農家に注文しなければならない材料を書きだしはじめた。

「今日は学校があってよかったよ」ピエロはその日の午前中、授業のあいまにカタリーナにむかって言った。「うちじゃ、みんな大忙しなんだ。ヘルタとアンゲは――」

「アンゲ、って？」カタリーナはピエロから、毎日のようにベルクホーフでの出来事を聞かされていた。

「新しいメイドさ」

「またふえたの？」カタリーナは頭をふった。「いったい、総統閣下は何人メイドが必要なの？」

ピエロは眉をひそめた。カタリーナのことは大好きだが、ときおり総統のことをからかうのは気に入らなかった。「やめたメイドの代わりだよ。フロイライン・ブラウンが、ヴィルヘルミーナをくびにしたんだ」

「じゃあ、閣下は今、ベルクホーフではだれのお尻を追いかけてるの？」

「みんな今朝から大さわぎさ」ピエロは質問に答えず、話しつづけた。そもそも、総統閣下の姪の話や、閣下がヴィルヘルミーナを見て、そのかわいそうな姪を思いだしているというエマの説を、カタリーナになんか教えるんじゃなかったと後悔していた。「棚の本は一冊ずつ出してほこりをはらってるし、電球も全部はずしてみがいてる。シーツも残らず洗濯して、新品に見えるくらいきれいにアイロンをかけてるんだ」

「それは一大事ね」カタリーナは言った。「ごくろうさま」

総統は、客人たちが到着する日の前の晩にやってきて、山荘内をくまなく見てまわると、使用人たち全員の仕事ぶりをほめたので、エーファは胸をなでおろしていた。

翌朝、ベアトリクスはピエロを部屋に呼び、ドイツ少年団の制服の着こなしが、総統のお眼鏡にかなうかどうか確かめた。

「完璧よ」ベアトリクスは、ピエロを上から下までながめ、満足そうに言った。「どんどん背が伸びてるから、また小さくなっちゃったんじゃないかって、心配だったの」

ドアにノックの音がして、アンゲの顔がのぞいた。「すみません、あの――」

ピエロはむきなおると、よくエーファがしているように、アンゲにむかって指をパチンと鳴らし、廊下を指さして「出ていけ」と言った。「おばさんは、ぼくと話をしている最中だ」

アンゲは驚いて口をあんぐりとあけ、ピエロの顔をじっと見ると、すぐにうしろにさがり、静かにドアをしめた。

「あんな口のきき方しなくてもいいでしょ、ペーター」ベアトリクスは言ったが、やはり、ピエロの口調に面食らっていた。

「どうして?」ピエロも、自分があんなに横柄な口のきき方をしたことに少し驚いていたが、おかげで自分がえらくなった気がして、まんざらでもなかった。「話の途中で口をはさんだじゃないか」

「でも、あの言い方は失礼よ」

ピエロは、そんなことはない、というように首を横にふった。「アンゲはただのメイドだ。ぼくはドイツ少年団のメンバーなんだから。この制服を見てよ、おばさん! アンゲは、兵士や将校を相手にする時と同じように、ぼくに敬意をはらうべきだ」

ベアトリクスは立ちあがって窓の前へ行き、山々の頂や頭上を流れていく白い雲に目をやった。窓の下枠に両手をついたのは、まるで、そうして体を支えていないと、平静を失ってしまうと言わんばかりだった。

「おまえは今後、あまり総統のそばですごさないほうがよさそうね」ベアトリクスはようやくそう言うと、ふりむいてピエロを見た。

「え? どうして?」

「とても忙しい方だから」

「その忙しい方が、ぼくには大きな可能性がある、って言ってくれたよ」ピエロは誇らしげに言った。

「それに、二人でいろんな話をするんだ。ぼくの話も聞いてくれるし」

「おまえの話はわたしが聞いてあげるわ、ペーター」

「それじゃだめなんだ」

「なぜ？」

「おばさんは女だろ。もちろん、この国には女も必要だけど、ドイツを造っていく仕事は、総統閣下やぼくみたいな男がやるのが一番なんだ」

ベアトリクスは思わず苦笑いを浮かべた。「それは、おまえが自分で考えたことなの？」

「ううん」ピエロはためらいがちに首をふった。自分の口から出た言葉が、どこかしっくりこなかったのだ。ママンは女なのに、なにがピエロにとって一番か、いつだってわかっていたのだから。「総統閣下が教えてくれた」

「それで、おまえはもう一人前の男なの？　まだ八歳なのに？」

「ひと月もたたないうちに九歳だよ」ピエロは精一杯、背筋を伸ばした。「おばさんだって、毎日背が伸びてるみたい、って言ったじゃないか」

ベアトリクスはベッドに腰をおろし、ここにすわりなさい、というように、ベッドカバーを軽くたたいた。「総統はどんな話をしてくださるの？」

「ちょっとむずかしいよ」ピエロは答えた。「歴史や政治の話だから。総統閣下は、女の頭じゃ――」

「話してみて。がんばってついていくから」

「われわれが、なにをどんなふうに奪われてきたかという話さ」

「われわれ、ってだれのこと？　わたしとおまえ？　おまえと総統閣下？」

「みんなだよ。ドイツ国民のことさ」

「ああ、そうだったわ。今は、おまえもドイツ人なのね」

「パパがそうなんだから、ぼくも生まれながらのドイツ人だ」ピエロの口調は言いわけがましかった。

「で、わたしたちは、いったいなにを奪われてきたの？」

「土地と誇りさ。ユダヤ人が盗んだんだ。ユダヤ人は世界を乗っとろうとしている。第一次大戦のあと――」

「でも、ペーター、わたしたちはその戦争に負けたのよ」

「ぼくが話してる時に口をはさまないでよ、おばさん」ピエロはそう言ってため息をついた。「そういうのは相手に失礼じゃないか。もちろん、ドイツが負けたことはわかってる。でも、そのあと、ぼくらは、ドイツをはずかしめるためにしくまれた仕打ちで苦しんだことは、ちゃんと知っておかなくちゃ。連合軍は勝利に満足できず、仕返しに、ドイツ国民にひざまずくことを求めたんだ。この国は、あまりに簡単に敵の言いなりになる臆病者だらけだった。ぼくらはそういうまちがいを二度とおかさない」

「じゃあ、あなたのお父さんは？」ベアトリクスは、ピエロの目をまっすぐに見て言った。「お父さんは、そういう臆病者の一人だったの？」

「ああ、最悪のね。なぜなら、自分の弱さに負けて勇気をなくしてしまったからだ。でも、ぼくはちがう。ぼくは強い。フィッシャーの名前に誇りをとりもどすんだ」ピエロはそこで口をつぐみ、おばさんの顔をさぐるように見た。「どうしたの？　なぜ泣いてるの？」

「泣いてなんかないわ」

「泣いてるじゃないか」

「さあ、どうしてかしらね、ペーター」ベアトリクスは顔をそむけた。「ちょっと疲れただけ。お客様を受けいれる準備にずっとかかりきりだったから。そして、ときどき思うの……」ベアトリクスは、まるでその先を言うのを恐れるかのように言いよどんだ。

「なにを？」

「おまえをここへつれてきたのは、大きなまちがいだったんじゃないか、って。わたしは正しいことをしていると思ってたわ。おまえをそばにおいておけば、守ってやれると。でも、時がたつにつれて――」

またノックの音がしてドアがあいたので、ピエロは腹をたて、さっとふりむいたが、今度は指を鳴らしたりはしなかった。戸口に立っていたのはフロイライン・ブラウンだった。ピエロはあわててベッドからおり、気をつけの姿勢をとったが、ベアトリクスはそのまま少しも動かなかった。

「いらっしゃったわ」エーファは、少し上ずった声で言った。

「なんて呼べばいいの?」ピエロが興奮と緊張で胸をいっぱいにしてささやいたのは、歓迎の列におばさんとならんで立っている時のことだった。

「公爵様には殿下、公爵夫人様には妃殿下よ。でも、話しかけられないかぎり、口をつぐんでいてね」

その直後、私道を登りきった車が視界に入ってきた。ほぼ同時に、ピエロの背後に総統が現われ、一同はまっすぐ前を見たまま威儀を正した。エルンストが車を止めてエンジンを切り、すばやく外に出て後部座席のドアをあけた。少しきつそうに見えるスーツ姿の小柄な男が、帽子をかかえておりてきた。男はちらりとあたりに目を走らせ、自分を迎えるファンファーレがないことを知ると、落胆のまじる、少し困惑したような表情を浮かべた。

「いつもは音楽隊が迎えてくれるんだがな」男はぼそりと言ったが、それはとくにだれにむけてというより、自分にむかって言ったようだった。そして、何度も練習したと思われるナチス流の敬礼をしてみせたが、腕を誇らしげに宙に突きだすしぐさは、まるでこの瞬間を格別心待ちにしていたかのようだった。

「ヒトラー殿」男は上品な声で、苦もなく英語からドイツ語に切りかえた。「ようやくお会いできましたな」

「殿下」総統は微笑(ほほえ)みながら応じた。「ドイツ語がお上手ですね」

「ああ……」男は帽子のリボンをいじりながら小声で言った。「わが家系は、その……」そして、言いかけたものの、どう終わらせたらいいかわからないかのように口をつぐんでしまった。

「デイヴィッド、わたしを紹介してくださらない？」すでに男に続いて車からおりていた女性が言った。まるで葬式にでも行くみたいな黒ずくめの服を着ている。これは英語での問いかけで、その発音からアメリカ人であることがはっきりわかった。

「ああ、もちろんだよ。ヒトラー殿、ウィンザー公爵夫人だ」

公爵夫人は「お会いできて光栄です」というと、総統も同様の挨拶を返し、さらに、夫人のドイツ語をほめた。

「公爵ほどじゃありませんけど、どうにか、やってますわ」夫人はそう言って微笑(ほほえ)んだ。

エーファは前に歩みでて紹介を受けたが、背筋をぴんと伸ばして立つ姿から、へりくだったそぶりはなにひとつ見せまいとしていることがうかがえた。四人はしばらく、天気のことや、ベルクホーフからのながめのことなど、あたりさわりのないおしゃべりを交わした。そして、話題がここまで登ってくる山道のことになると、ウィンザー公爵は「何度か、崖から落ちるのではないかと思いましたよ」と言った。「いや、めまいなど起きないとよいのだが」（イギリス国王エドワード八世は、一九三六年、即位一年足らずで、アメリカ人のウォリス・シンプソンと結婚するために王位を退き、以降、ウィンザー公爵を名乗った）

「いえいえ、なにがあっても、エルンストは殿下の身をお守りしていたでしょう」総統は答え、ちらりと運転手に目をやった。「彼は、われわれにとって殿下がどれほど大切な方か承知しておりますから」

「ん？」公爵はまるで今初めて、自分が人と話をしている最中だったことに気づいたかのように顔を上げた。「なんとおっしゃったのかな？」

「中に入りましょうか」総統は応じた。「この時間ですと、紅茶がよろしいのでは？」

「できれば、ウィスキーを少々」公爵は応じた。「いやはや、この高度は体にこたえる。ウォリス、中へ入ろう」

「ええ、デイヴィッド。ねえ、なんて素敵な建物なんでしょう。すばらしいと思わない？」

「姉とわたしがここを見つけたのは、一九二八年のことでした」ヒトラーが言った。「休暇で一度ここに滞在して、とても気に入ったので、資金ができしだい買いもとめたのです。今は、来られる時は必ず来ています」

「われわれのような立場にある者にとって、自分だけの場所をもつことは重要ですな」公爵はそう言うと、シャツの袖口を引っぱった。「世間がそっとしておいてくれる場所が」

「われわれのような立場とは？」総統はたずね、片方の眉を上げた。

「重要人物ということですよ」公爵は答えた。「かつてはわたしにも、イギリスにそのような場所があった。プリンス・オブ・ウェールズ（イギリス皇太子の称号）だったころのフォート・ベルヴェディアが……。あれほどくつろげるところはほかになかった。当時は盛大なパーティーをもよおしたものだ。なあ、ウォリス？　あそこに引きこもって鍵をかけ、その鍵を捨ててしまおうとすると、なぜか必ず首相が口をはさんできてね」

「殿下のご好意に報いるために、われわれにできることがあるかもしれませんよ」総統はそう言うと、満面の笑みを浮かべた。「さあ、どうぞ。お飲み物を用意させましょう」

「ねえ、こちらの男の子はどなた？」公爵夫人はピエロの前に来た時、そう言った。「制服が似合ってると思わない、デイヴィッド？　よくできたナチス人形みたい。家にもってかえって、暖炉の上に飾りたいくらい。なんてかわいらしいんでしょう。あなた、お名前は？」

ピエロが見あげると、総統はうなずいた。

「ペーターです、妃殿下」ピエロは答えた。

「ここの家政婦の甥です」ヒトラーが説明した。「かわいそうに、ふた親をなくしたと聞いたので、わたしが、ここで暮らすことを認めたのです」

「わかる、デイヴィッド?」公爵夫人は言い、夫のほうをむいた。「これこそ、正真正銘、キリスト教の博愛精神だわ。アドルフ、あなたについて世の中の人がわかってないのはここよ。ああ、アドルフと呼んでもかまわないわよね? わたしのことはウォリスと呼んでちょうだい。世間には、こうした軍服とか、軍事的なあれこれの陰に、真の紳士的精神があることが見えないのよ。それから、エルンスト」夫人は運転手のほうをむき、手袋をはめた指をふってみせた。「あなたには言っておきたいことがあるわ――」

「総統閣下」ベアトリクスは一歩前に出ると、驚くほど大きな声をあげ、公爵夫人の言葉をさえぎった。「お客様のお飲み物をご用意しましょうか?」

ヒトラーは驚いて家政婦に目をやったが、公爵夫人の言葉に気をよくしていたせいか、すぐにうなずいた。「ああ、たのむよ。だが、中にしてくれ。外はだいぶ寒くなってきた」

「そのとおり。ウィスキーの話はしたかかな?」ウィンザー公はそう言うと、すたすたと屋内に入っていったので、ヒトラーとエーファ、そして職員たちも続いた。ピエロがちらりとまわりを見て驚いた。車にもたれた運転手の顔から血の気が引いていたのだ。あんなに青白い顔をしたエルンストは見たことがない。

「顔色が悪いよ、エルンスト」ピエロはそう言うと、公爵の言いまわしをまねた。「いやはや、この高度は体にこたえる、って感じ?」

その晩、エマはピエロに、焼き菓子をのせたお盆をわたし、総統の執務室にもっていくように、と言った。中ではヒトラーとウィンザー公が話しこんでいた。

「ああ、ペーターか」ピエロが入っていくと、総統はそう言って、二脚の肘かけ椅子のあいだにあるテーブルを軽くたたいた。「ここにおいてくれ」

「ほかになにかいるものはありますか、総統閣下? 殿下?」ピエロはたずねたが、緊張のあまり、呼びかける相手を逆にしてしまい、二人の笑いを誘った。

「そんなことになったら大事件ですな」公爵が言った。「もしわたしがここへ来て、ドイツを治めることになれば」

「そして、わたしがイギリスを占領したら……」総統は応じた。

これを聞いて公爵はその笑顔をやや曇らせると、結婚指輪をいじり、不安そうにぬきとったり、はめたりした。

「こうしたことを、いつも幼い少年にさせているのですかな、ヒトラー殿? 身のまわりの世話をする従者はいないのですか?」

「いません。いたほうがいいのでしょうか？」

「社会的地位の高い者には必要でしょう。せめて、当座の用を足させる従僕を部屋の隅に立たせておくべきだ」

ヒトラーは少し考えてから、公爵のこうした礼儀作法に対する感覚が理解できないと言わんばかりに首をふった。そして、「ペーター、あそこに立っていなさい」と言って、部屋の隅を指さした。「公爵がここにいらっしゃるあいだ、おまえは名誉従僕だ」

「はい、総統閣下」ピエロは誇らしげに言うと、ドアの横へ行って立ち、できるだけ静かに息をした。

「あなたは今まで、われわれ二人にとてもよくしてくれている」公爵は先を続け、タバコに火をつけた。「行く先々で、われわれはじつに寛大なもてなしを受けた。これほど喜ばしいことはない」公爵は身を乗りだした。「ウォリスの言うとおりだ。わたしも心の底から思う。イギリス国民があなたのことをもう少し知ることができれば、なんと愉快で礼儀正しい人物かわかるだろう。あなたには、われわれと多くの共通点がある」

「そうでしょうか？」

「そうだとも。目的意識をもち、それぞれの国民に課された重要な使命を信じている」

総統はなにも言わず、身を乗りだして公爵のグラスにウィスキーを注ぎたした。

「わたしの見るところでは」公爵は言った。「われわれ二か国は、別の道を行くよりは、むしろともに手をたずさえたほうが得るものがはるかに多い。むろん、正式な同盟ではなく、わが国がフランスと結んだような和親協商のようなものがよい。もっとも、フランス人相手となると、全面的に信用しているわけではないがね。ともかく、だれも二十年前のような愚行をくりかえしたいとは思っていない。あの戦争では、あまりに多くの無辜の若者が命を落とした。どちらの側でも」

「そう。わたしも戦いました」総統は静かな声で応じた。

「わたしもだ」公爵は言った。

「殿下も？」

「ああ、むろん、塹壕の中でではない。当時、わたしは王位継承者だったからね。そういう地位にいたということだ。今もそれなりの地位にはいるが」

「ですが、今はもう、いずれ国王になられる身ではない」総統は言った。「ただし、そのお立場もいずれまた変わるかもしれませんよ」

公爵は、まるでカーテンの陰にスパイがひそんでいるとでもいうように、ちらりと部屋の中を見まわしたが、その視線は一度たりともピエロの上で止まることはなかった。おそらく公爵は、ピエロの存在を銅像くらいにしか思っていないのだろう。「知ってのとおり、イギリス政府はわたしがここへ来ることを望まなかった」公爵は声をひそめた。「弟のバーティも彼らに同調した。ずいぶんもめたんだ。ボールドウィンもチャーチルも、政府の連中は、みんなわたしをおどしたよ」（バーティとはアルバートの愛称。ウィンザー公爵の弟で、兄の退位後国王に即位したジョージ六世のこと）

「ですが、なぜ彼らの言うことを聞くのです？」ヒトラーはたずねた。「あなたはもはや国王ではない。自由な身分だ。好きなことができるのでは？」

「わたしは決して自由にはなれない」公爵は悲しそうに言った。「それに、そもそも、わたしになにができるというのだ？　わかるかね？　街へ出て働くことなどできないではないか」

「それもよろしいのでは？」

「わたしになにをしろと言うのだ？　ハロッズの紳士服売り場で働くのかね？　小間物屋でもひらこうか？　それとも、今そこに立っているあなたの若い友人のように、従僕としてやっていくのか？」公爵はピエロを指さして笑った。

「どれもまっとうな職業です」総統はおだやかな声で答えた。「しかし、おそらく、前国王というご身分にはそぐわないでしょう。ひょっとしたら、ほかに、その……可能性があるのではないでしょうか」公爵が首を横にふり、まったくとりあおうとしなかったので、総統は笑みを浮かべた。「王位を放棄された決断を後悔していらっしゃるのですか？」

「いや、一瞬たりとも」公爵は答えたが、ピエロでさえ、その声に言葉とは裏腹の思いがにじんでいることに気づいた。「簡単ではなかったのだよ。愛する女性の助けと支えがなければできなかった。退位の挨拶で言ったとおりだ。だが、まわりは彼女を王妃にすることを絶対に認めようとしなかった」

「その一点だけで玉座から追われたとお考えですか？」

「そうではないというのか？」

「殿下は恐れられていたのだと思います」総統は言った。「わたしが恐れられているのと同じように。周囲の者は、殿下が、われわれ二国が緊密な関係をもつべきだと感じておられることを知っていたのです。なにしろ、殿下のお祖母様でいらっしゃるヴィクトリア女王陛下は、わが国最後の皇帝陛下のお祖母様でもいらっしゃる。そして、あなたのお祖父様、アルバート公殿下はドイツのコーブルクご出身だ。わが国は貴国と、そして貴国もわが国と、利害をともにしています。われわれはならんで植えられた二本のりっぱなオークの木だ。われわれの根は地面の下でからみあっている。一方を切りたおせば、もう一方も苦しむ。一方が葉を繁らせれば、そろって栄えることでしょう」

公爵はこれを聞き、しばらく考えてから答えた。「なるほど、今の話には一理あるようだな」

「殿下は生れながらの権利を奪われてしまった」総統は、今度は怒りに声を荒らげた。「理不尽ではありませんか！」

「どうにもならぬことだ」公爵は言った。「すべてはすぎたこと、片はついている」

「しかし、この先、なにが起きるか知れませんよ」

「どういう意味だね？」

「ドイツは今からの数年で大きく変わるでしょう。再び強国となります。われわれは今、世界におけるわが国の地位を再定義しているところです。そしておそらく、イギリスも変わるでしょう。殿下、あなたは常に将来を考えていらっしゃるお方だ。あなたと妃殿下が、再び国王陛下、王妃陛下となられたなら、貴国民に対してさらなる貢献が可能だとはお考えにならないのですか？」

公爵は唇をかんで眉をひそめると、一拍おき、「それはもはや不可能だ」と言った。「もうその機会は失われている」

「不可能なことなどありません。わたしを見てください。今では、一致団結したドイツ国民の指導者ですが、わたしにはなんのうしろだてもありませんでした。父は靴職人です」

「わたしの父は国王だ」

「ぼくのお父さんは兵士でした」ピエロは部屋の隅で声をあげた。気づいた時には言葉が口から出ていて、総統と公爵がふりかえり、まるでその存在を忘れていたかのようにピエロを見た。総統が怒りの形相でにらみつけたので、ピエロは胃が縮みあがり、吐いてしまうのではないかと思った。

「なにが起きるかわかりませんよ」総統はすぐに先を続け、二人はすぐに互いの顔に視線をもどした。「もし可能であるなら、殿下は国王の地位にもどる心づもりはおありですか?」

公爵は不安そうにあたりを見まわしながら爪をかむと、その爪をひとつずつ順に確かめてから、手をズボンになすりつけた。「むろん、わたしは自らの務めをよく考えねばならない。そして、わが国にとってなにが最善かを……。そしてどんな道であろうと、国のためになるのなら、当然だが、わたしは……その……以前の……」

公爵は期待するように顔を上げたが、それは、まるで子犬が善意にあふれる飼い主の庇護(ひご)を求めるようだったので、総統は笑みを浮かべた。「どうやら、われわれは互いに理解しあえる仲のようですね、デイヴィッド」総統は言った。「デイヴィッドとお呼びしてもかまいませんかな?」

「いや、じつは、そう呼ぶのはウォリスと親族だけなのだ。もっとも、親族のほうはもう、わたしのことをなんとも呼びはしないのだがね。だれも、なにも言ってこない。バーティには日に四、五回、電話をかけるのだが、彼は電話に出ようとしないのだよ」

総統は両手を上げて言った。「おゆるしください。これからも、あくまで儀礼を守ってのおつきあいをしていきましょう、殿下」総統はそう言って、首を横にふった。「いえ、いつの日か再び、陛下、とお呼びする日が来るやもしれません」

ピエロはゆっくりと夢からさめた。二、三時間しか眠っていないような気がする。まぶたのすきまに薄暗い部屋が浮かびあがり、息の音が聞こえてきた。だれかがベッドの横に立ち、上からじっとピエロを見おろしている。大きく目をあけると、総統の、そう、アドルフ・ヒトラーその人の顔が見え、恐怖で心臓が飛びでそうになった。ピエロは敬礼しようと思い、体を起こしかけたが、気がつくとベッドに押しもどされていた。今まで、こんな表情をした総統は見たことがない。昼間、公爵との会話に口をはさんだ時に見せた表情より、はるかに恐ろしかった。

「おまえの父親は兵士だったんだな?」総統は声をひそめて言った。「わたしの父より、りっぱだったのか? 公爵殿下のお父上よりえらいのか? おまえの父親は死んでいるから、わたしより勇敢だというのか?」

「いいえ、総統閣下」ピエロはあえぎながら言ったが、言葉が喉にひっかかってしまった。口の中がからからで、心臓は胸の中で激しく脈打っている。

「ペーター、おまえを信用していいんだろうな?」総統は身を乗りだし、硬い口ひげがピエロの上唇に着きそうになるくらい顔を近づけた。「おまえをここに住まわせたことを、わたしに後悔させるようなことは絶対にするなよ」

「はい、総統閣下。約束します」

「それが身のためだ」総統はかすれ声で言った。「裏切りは必ず罰せられる」

そして、ヒトラーはピエロの頰を二度、軽くたたくと、大またで部屋を出ていき、ドアをしめた。

ピエロはシーツをもちあげ、パジャマのズボンの前を見た。そして泣きだしたくなった。もう、とうの昔にしなくなっていたことをしでかしていたからだ。このことを、だれにどう説明したらいいんだろう？

ただ、ひとつ自分自身に誓ったことがある。二度と総統閣下をがっかりさせるようなことはしない、と。

第10章　ベルクホーフのクリスマス

戦争が始まって一年以上たち、ベルクホーフの生活は大きく変わっていた。総統がオーバーザルツベルクの山ですごす時間はしだいに少なくなり、山荘にやってくると、たいてい、ゲシュタポ（秘密国家警察）や親衛隊、国防軍の幹部や将官たちと執務室にこもりきりだった。それでもヒトラーは、滞在中はピエロと話をする時間を作ったが、ゲーリング、ヒムラー、ゲッベルス、ハイドリヒといった、ナチス・ドイツの重要組織を率いる者たちは、ピエロを完全に無視した。ピエロは、いつか彼らのような高い地位につく日が来ることを夢見ていた。

今では、夜ピエロが寝るのは、ここに来てからずっと使っていた小さな寝室ではない。十一歳になると、ヒトラーはベアトリクスに命じて、それまでベアトリクスが使っていた部屋をピエロに使わせるようにした。そこで、ベアトリクスは自分の持ち物をピエロが寝ていた小さな寝室に移さなければならなかった。これを知ったエマは首をふり、ピエロにはおばさんへの感謝の気持ちが欠けていると、ぶつぶつ言った。

「決めたのは総統閣下だ」ピエロは言いはなち、しかも、その時、エマのほうを見もしなかった。すでに背が伸びていたので、だれもピエロのことを「チビ」と呼ぼうとは思わなかったし、毎日のように山の上を歩きまわって体を鍛えていたので、胸板も厚くなりはじめていた。「それとも、総統閣下の決定に不服があるのか？　そうなのか、エマ？　もしそうなら、いつでも閣下の前に出て話をしてもいいんだぞ」

「どうしたの？」厨房に入ってきたベアトリクスは、二人のあいだの緊張を感じとり、言った。

「エマは、ぼくとおばさんは寝室をとりかえるべきじゃなかったと思ってるらしい」ピエロは答えた。

「そうは言ってないわよ」エマはつぶやき、顔をそむけた。

「うそをつくな」ピエロは、はなれていくエマの背中にむかって言った。そしてふりかえり、ベアトリクスの表情に気づくと、胸のうちで二つの思いが奇妙に入りまじるのを感じた。もちろん寝室は広いほうがいいのだけれど、おばさんには、それがピエロの当然の権利だと認めてもらいたかった。なんといっても、広い寝室のほうが総統の寝室に近い。「おばさんはかまわないよね？」

「もちろんよ」ベアトリクスは答え、肩をすくめた。「ただの寝る場所ですからね。どうでもいいわ」

「ぼくがそうしてほしいと言ったわけじゃないんだ」

「あら、そう。聞いた話とちがうけど？」

「そうじゃない。ぼくは総統閣下に、壁に大きなヨーロッパの地図を貼れるくらい部屋が広いといいのに、って言っただけだ。おばさんの部屋みたいに……。そしたら、ドイツ軍が敵を負かしながらどこまで進撃したかわかるからね」

ベアトリクスは笑ったが、それはピエロには、おもしろくて笑っているようには聞こえなかった。

「おばさんがそうしたいのなら、もとにもどしてもいい」ピエロは小声で言い、床に目を落とした。

「いいのよ。もう、荷物は移しちゃったんだし。今さら、またもとにもどすのも時間のむだでしょ」

「よかった……」ピエロは顔を上げ、微笑(ほほえ)んだ。「わかってくれると思ってたんだ。エマはなんにでも意見を言うからな。ぼくに言わせれば、使用人は口をつぐんで仕事をしてればいいんだ」

ある日の午後、ピエロはなにか読むものはないかと、図書室に入っていった。壁の書棚にずらりとならぶ本の背に指を走らせ、ドイツ史の本、ヨーロッパ大陸の歴史の本を調べてから、過去、ユダヤ人がおかしてきたあらゆる犯罪について書かれた本をひらいてみた。そのとなりには、ヴェルサイユ条約は、父祖の地、わがドイツに対する犯罪的な不正義行為だと非難する論文があった。『わが闘争』は手にとらなかったが、それは、ここ一年半のあいだに三度読み、大事なところを何か所も暗唱できるようになっていたからだ。ある棚の端に押しこまれていた本を見て、ピエロは、四年前、オルレアン駅でシモーヌ・デュランがこの本を手に押しつけてきた時、自分がどんなに幼くて無邪気だったかを思いだし、頬をゆるめた。『エーミールと探偵たち』だ。なぜ、こんなに重要な書物ばかりならんでいる書棚に、この本がまぎれこんでいるんだろう？　ピエロはその本をとりだすと、床に膝をつき、暖炉の掃除をしているヘルタにちらりと目をやった。本をひらくと、ページのあいだから封筒が落ちたので、ピエロは拾いあげた。

「だれからの手紙？」ヘルタが顔を上げ、たずねた。

「昔の友だちさ」ピエロの声には、見なれた筆跡を目にして感じた不安がにじんでしまった。「近所に住んでたってだけなんだけどね」ピエロは言いなおした。「大切な友だちってわけじゃない」

それは、アンシェルから来た手紙のうち、一通だけとっておいたものだった。ピエロは、今また封筒をあけ、出だしの数行に目をやった。挨拶の文句はなく、「ピエロへ」とも書いてない。ただ、犬の絵があり、続いて、あわてて書いたらしい文字が連なっていた。

急いで書いているのは、表の通りがすごくさわがしくなって、お母さんが、とうとうここを出ていかなくちゃならない日が来た、と言ったからだ。お母さんは、家にある物の中でもとくに大切なものをまとめて旅行かばんに入れ、もう何週間も前から玄関脇においていた。どこへ行くのかよく知らないけど、これ以上ここで暮らすのはあぶない、って言ってる。心配いらないよ、ピエロ。ダルタニャンはつれていくから！　ところで、元気かい？　なぜ、ここ二通ばかり、返事を書いてくれないんだ？　パリではなにもかも変わってしまったよ。ピエロにも見せ

　ピエロはその先を読まずにいきなり手紙を丸め、暖炉に放りこんだので、前夜にたまった灰が舞いあがり、ヘルタの顔にかかった。

「ペーター！」ヘルタは声を荒らげたが、ピエロは無視した。そして、手紙は厨房（ちゅうぼう）の暖炉で燃やしたほうがよかっただろうか、と考えた。あそこなら、今朝も早くから轟々（ごうごう）音をたてて火が燃えている。もし総統があの手紙を見つけたら、ぼくに腹をたてるかもしれない。総統にとがめられることは絶対にさけなければ……。たしかにアンシェルのことは好きだった。それは確かだ。でも、あのころは二人ともほんの子どもだったのだし、ぼくはまだ、ユダヤ人となかよくするということがどういう意味をもつのかわかっていなかった。関係を断つにこしたことはない。ピエロはもう一度書棚に手を伸ばして同じ本をとりだし、ヘルタにさしだした。

「こいつを、だれかベルヒテスガーデンの子どもに、ぼくからだと言ってあげてくれないか」ピエロは尊大な口調で言った。「でなきゃ、捨ててしまってもいい。どっちでも好きにしてくれ」

「あら、エーリッヒ・ケストナーね」ヘルタはカバーを見て、笑顔になった。「小さいころに読んだの

をおぼえてるわ。これ、おもしろいわよね」

「子どもむけだ」ピエロは、ヘルタの意見に賛成などするものかと思いながら、肩をすくめてみせた。そして、「もう仕事にもどれ。総統閣下がおもどりになる前に、ここをきれいにしておくんだぞ」と言いのこし、部屋を出ていった。


クリスマスの数日前、ピエロは真夜中に用を足したくなって目をさまし、裸足のままそっと廊下を歩いていった。寝ぼけ眼のままもどってくると、まちがえて以前の寝室に入りかけ、ドアの取っ手に手を伸ばした瞬間、まちがえたことに気がついた。そして引きかえそうとした時、中から声が聞こえてきたので驚いた。好奇心に負けたピエロはドア板に頭をよせ、耳をすました。

「でも、心配だわ」ベアトリクスおばさんの声が聞こえてきた。「あなたのことが……。わたし自身のことも、みんなのことも心配よ」

「恐れることはなにもない」別の声が聞こえてきて、ピエロはすぐに運転手のエルンストの声だとわかった。「すべては入念に計画してある。いいかい、きみが思っているより多くの人がぼくらの味方なんだ」

「でも、ほんとうにここがふさわしい場所なの？　ベルリンのほうがいいんじゃない？」

「あそこは警備がきびしすぎるし、やつはここなら安全だと思っている。おれを信用してくれ、ベアトリクス。必ずうまく行く。そして、これが終わって、国がまともな人たちの手にもどったら、進むべき新しい道が見えてくる。おれたちは正しいことをしてるんだ。それは信じてるよな？」

「もちろんよ」ベアトリクスは語気を強めた。「ピエロを見るたび、すべきことを思い知らされるわ。あの子はもう、ここに来たころの男の子とはまったく別人になってしまった。あなたも見てきたでしょう？」

「ああ、見てきたとも。ピエロはむこう側の人間になりかけている。日々、やつらに似てきている。使用人をあごで使いはじめてさえいる。二、三日前、おれはあいつを叱った。そうしたら、おれにむかって、文句があるなら総統に言え、さもなきゃだまってろ、と言ったんだぜ」

「このままだと、あの子がどんな人間になってしまうのか、心配でたまらないわ。どうにかしなきゃ。あの子のためだけでなく、この国で暮らす、すべてのピエロたちのために……。だれかが止めないと、総統はこの国を丸ごと、そして、ヨーロッパ中をめちゃくちゃにしてしまうでしょうよ。ドイツ国民の心を照らすと言ってるけど、そうじゃない。あの男は世界の中心にある闇だわ」

しばらく声がとだえたが、ピエロの耳には、おばさんと運転手がキスを交わす音がはっきりと届いていた。ピエロは今にもドアをあけ、二人と対決しようかと思った。が、そうはせず、自分の部屋へもどってベッドに入ると、目をあけたまま天井を見つめ、頭の中で二人の会話を何度もくりかえし、あれはいったいどういう意味だったんだろう、と考えた。

翌日、学校で、ピエロはベルクホーフで起きようとしていることを、カタリーナに話してみるべきかどうか迷っていた。そして昼休み、校庭にならぶオークの大木の下で本を読んでいるカタリーナを見つけた。二人はもう、教室ではとなり同士ではない。カタリーナが、グレートヒェン・バフリルという、学校で一番おとなしい女の子のとなりにすわりたいと言いだしたのだ。だが、なぜ、もうピエロのとなりにすわりたくなくなったのか、その理由はどうしても教えてくれなかった。

「ネッカチーフをはずすなよ」ピエロはそう言うと、草の上に投げだしてあったネッカチーフを拾いあげた。カタリーナは前の年にドイツ少女団に入ったのだが、ふだんから制服を着なければならないことにしょっちゅう文句を言っていた。

「そんなに大事なら、自分の首に巻けば」カタリーナは本から顔を上げずに言った。

「でも、ぼくはもう巻いてるから。ほら」

カタリーナはちらりとピエロを見あげ、ネッカチーフを受けとった。「巻かなかったら言いつけるんでしょ？」

「まさか。そんなことするわけないだろ。昼休みが終わって授業が始まるまでに巻いてれば、別にかまわないさ」

「ペーターって、とっても公平なのね」カタリーナはにっこり笑って言った。「そういうところが、わたしは好きよ」

ピエロは微笑(ほほえ)みかえしたが、驚いたことに、カタリーナはくるりと目を回し、読書にもどってしまった。ピエロはカタリーナを一人にしておいてやろうかとも思ったが、ききたいことがあったし、ほかにきく相手も思いつかなかった。クラスにはもう、友だちと呼べる子はあまりいない。

「ぼくのおばさんのベアトリクスは知ってるよね？」ピエロは結局そう言って、カタリーナのとなりに腰をおろした。

「もちろんよ。しょっちゅう、わたしのお父さんのお店に来て、紙とインクを買っていくわ」

「エルンストは？　総統閣下の運転手の？」

「しゃべったことはないけど、ベルヒテスガーデンの街を車で走っているのは見たことあるわよ。二人がどうかしたの？」

ピエロは荒い鼻息をたて、首を横にふった。「いや、なんでもない」

「どういうこと？　二人の話をもちだしたのはペーターじゃない」

「あの二人は、いいドイツ人だと思うか?」ピエロは言った。「いや、こういうきき方はあいまいだな。『いい』って言葉をどう定義するかによるものな。そうだろ?」

「そうでもないんじゃない」カタリーナは小説の途中にしおりをはさむと、正面からピエロの顔を見た。「『いい』という言葉の定義は、そんなにたくさんあるとは思えないわ。いいか、悪いか、どっちかでしょ?」

「ぼくが言いたかったのは、あの二人は愛国者かどうか、ってことだ」

「そんなこと、わたしにわかるわけないじゃない」カタリーナはそう言って、肩をすくめた。「ただ、愛国主義の定義はひとつじゃないわ。たとえば、ペーターの言う愛国主義は、わたしの考えとは全然ちがうかもしれないし」

「ぼくの考えは総統閣下の考えと同じだ」ピエロは応じた。

「そうでしょうとも」カタリーナはそう言うと、顔をそむけ、校庭の隅で石蹴りをしている子どもたちを見やった。

「なぜ、前みたいにぼくを好きじゃなくなったんだ?」ピエロはしばらくだまりこんだあとで言った。カタリーナはピエロの顔を見返したが、その表情から、この質問に驚いているのがわかった。

「どうしてそんなふうに思うの、ペーター?」

「前のように話をしてくれないし、座席もグレートヒェンのとなりに移したのに、そのわけを教えてくれないじゃないか」

「だって、ハインリヒが転校したら、グレートヒェンのとなりにすわる子がいなくなっちゃったから。ひとりぼっちにしておきたくなかったの」

ピエロは顔をそむけてつばを飲み、早くも、こんな話を始めるんじゃなかったと後悔していた。

「ハインリヒのことはおぼえてるでしょ、ペーター？」カタリーナは続けた。「やさしい男の子だったわ。だれとでも仲がよくて……。みんなびっくりしたわよね、ハインリヒから、お父さんが総統のことをなんて言ったか聞いた時には。みんなで約束したじゃない、そのことはだれにも言わない、って」

ピエロは立ちあがり、ズボンの尻をはたいた。「ここは寒くなってきた。校舎に入るよ」

「おぼえてる？　ハインリヒのお父さんは、真夜中にベッドで寝ているところを捕まって、ベルヒテスガーデンからどこかへつれていかれて、それきり、どうなったのかだれも知らないのよ。そのあと、ハインリヒとお母さんと妹は、お金に困ってライプツィヒのおばさんの家で暮らすことになったんだわ」

校舎の入口からベルの音が聞こえてきて、ピエロは腕時計にちらりと目をやった。「ほら、それ……」ピエロは言い、ネッカチーフを指さした。「時間だぞ。首に巻けよ」

「だいじょうぶよ、巻くから」カタリーナは歩いていくピエロの背中にむかって言った。「だって、巻かなかったら、かわいそうなグレートヒェンは、明日から、また一人ですわるはめになるわ。そうでしょ、ピエロ？」カタリーナは声を張りあげたが、ピエロは首をひねりながら、話しかけられているのは自分ではないふりをした。そして、どうやってか、校舎に入るまでにはカタリーナとの今のやりとりを記憶の中からとりのぞき、頭の中の別の場所に入れなおした。そこには、ママンやアンシェルの記憶がしまわれていて、今ではもうめったにのぞくことのない場所だった。

クリスマスイブの前日、ピエロが外でライフル銃をかついで行進の練習をしていると、総統とエーファがベルクホーフに到着した。二人が荷物を解いて落ちついたころ、ピエロは中に呼ばれた。「今日の午後、ベルヒテスガーデンでパーティーがあるの」エーファが説明した。「子どもたちのためのクリスマス・パーティーよ。総統は、あなたも一緒に来てほしいと言ってるわ」

ピエロは胸が躍った。今まで総統と一緒にどこかへ出かけたことはない。きっと町の人たちは、愛すべき指導者とともにやってきたピエロを羨望（せんぼう）のまなざしで見るだろう。ピエロはヒトラーの息子のように見えるにちがいない。

ピエロはきれいな制服を着ると、アンゲに顔が映るまで靴をみがけ、と言いつけた。そして、アンゲがみがいた靴をもってくると、ちらりと見ただけで、まだ足りない、やり直せ、と言って追いかえした。

「同じことを三度言わせるなよ」ピエロは、メイドたちの休憩室にもどっていくアンゲにむかって言った。

午後、ヒトラーとエーファとともに外に出て砂利をふんだピエロは、生まれてこのかた、これほど誇らしく感じたことはなかった。車の後部座席に三人ならんですわり、山をおりていく時、ピエロはバックミラーに映るエルンストの顔を見つめ、総統になにをするつもりでいるのかさぐりあてようとした。だが、エルンストは、ちらちらとミラーを見あげて後方を確認するものの、ピエロの存在など気にもとめていないようだった。ぼくを子どもだと思ってるんだ。ピエロは思った。ぼくのことなんて眼中にない……。

車がベルヒテスガーデンに入ると、通りにいた人々は鉤十字の小旗をふり、歓声をあげた。外は寒かったが、ヒトラーはエルンストに命じて、自分の姿が見えるよう、あらかじめ折りたたみ式の屋根をおろさせていたので、人々は通りすぎていく車にむかって歓呼の声を送った。ヒトラーはきびしい表情をくずさぬまま、ナチス式の敬礼で、いちいち人々の歓声に応え、エーファは笑みを浮かべて手をふった。エルンストが公会堂の手前で車を止めると、町長が一行を迎えた。町長はぺこぺこと頭を下げながら総統と握手を交わしたかと思うと、敬礼し、また頭を下げた。すっかりとりみだした町長は、ヒトラーが肩に手をおくとようやく落ちつきをとりもどし、道をあけ、一行を建物へと案内していった。

「中に入らないの、エルンスト?」ピエロは、運転手がついてこないことに気づいて声をかけた。

「ああ、車にもどらないとな。おまえは中に入れ。おれはみんなが出てくるころに、またここで待ってるから」

ピエロはうなずき、ほかの人たちがみな、中に入るのを待つことにした。そうすれば、ドイツ少年団の制服姿で堂々と通路を歩き、町の人たちの視線を集めながら総統のとなりにすわれるはずだ。ところが、いざ公会堂の中に入ろうとした時、足もとにエルンストの車の鍵が落ちているのに気づいた。まわりの人たちがいっせいに動いた時に落としてしまったにちがいない。

「エルンスト！」ピエロは運転手の名を呼びながら、通りの先、車を停めたあたりに目をやった。そしてため息をつき、ちらりと公会堂のほうをふりかえったが、まだ、中に入れない人たちがたくさんいたので、時間は充分あると判断し、通りを走っていった。きっとエルンストはあちこちのポケットをたたきながら、鍵をさがしているだろう。

車は停めたところにあったが、意外にも、運転手の姿はなかった。

ピエロは眉をひそめ、あたりを見まわした。エルンストは車にもどると言わなかったっけ？　ピエロは左右の細い通りをのぞきこみながら、さらに先まで歩いていった。そして、あきらめて公会堂にもどろうとしかけた時、視線の先に、ドアをノックしているエルンストの姿をとらえた。

「エルンスト！」ピエロは叫んだが声は届かず、見ていると、運転手はこれといった特徴のない、平屋の小さな家の中に消えていった。ピエロは通りから人波が引くのを待ってから、その家の窓に近づき、ガラスに顔をよせた。

通りに面した居間は本とレコードだらけだったが、人影はなかった。だが、居間に入る戸口のむこうにエルンストが立ち、そのそばに見たことのない男がいた。二人は真剣に話しあっていて、見ていると、男が戸棚の扉をあけ、中から薬びんと注射器のようなものをとりだした。そして、びんの蓋（ふた）に針を刺し、中の液体を少し吸いだすと、すぐ横のテーブルにおいてあったケーキに注射し、ほら、簡単だろ、と言わんばかりに両腕を広げた。エルンストはうなずき、びんと注射器を受けとってコートのポケットに入れ、一方、男はケーキをつかんでゴミバケツに捨てた。エルンストがむきを変えて玄関にむかったので、ピエロは急いで家の角を回ったが、二人がなにか話せば聞こえる位置にとどまった。

「幸運を祈る」見知らぬ男は言った。

「みなに幸運を」エルンストは答えた。

ピエロは公会堂にむかってもどったが、途中、車の横を通りすぎる時に鍵をもどしておいた。そして、会場の前のほうにすわり、総統の演説の最後の部分に耳を傾けた。総統は、来年、一九四一年は、ドイツにとってすばらしい一年になる、勝利が近づき、世界はようやくわれわれの決意を思い知るだろう、と言った。すると、それまではクリスマス前のお祭り気分がただよっていたのに、総統が演説の文句を叱りつけるようにどなると、人々は嬉々（きき）として声をそろえ、狂気さえ感じられる総統の弁舌にあおられて会場は熱狂の渦となった。ヒトラーは何度かこぶしで演台をたたいたが、そのたびにエーファは目をつむって身を縮めた。だが、総統が演台をたたくたび、聴衆はまるでひとつの心で結びあわされた、ひとつの肉体のように、ますます大声で応え、会場一体となって腕を突きあげ、「ジーク・ハイル！　ジーク・ハイル！」（ドイツ語で「勝利万歳」の意）と叫んだ。ピエロはその只中で、ひときわ大きく声を張りあげ、だれにも負けない熱い想いと強い信念をその声にこめていた。

クリスマスイヴ。総統は、ベルクホーフの使用人たちの一年間の勤務に感謝して、ささやかなパーティーをひらいた。総統は一人一人にプレゼントは贈らなかったが、ピエロには数日前に、なにか欲しいものはないか、とたずねていた。だが、ピエロは、大人の中に子どもが一人だけまじっているように思われるのがいやで、欲しいものはない、と答えていた。

エマが腕によりをかけて作り、大皿にもったごちそうはみごとで、シチメンチョウ、カモ、ガチョウの丸焼きには、それぞれスパイスをきかせたリンゴとクランベリーのおいしい詰め物が入っていた。ほかに、ジャガイモ料理が三種、ザウアークラウト、そして総統用の野菜料理が何種類もならべられた。みんな一緒に楽しく食べ、ヒトラーは使用人たちのもとを順に回りながら、ここでも政治のことを話題にしたが、みんな、なにを言われても、うなずきながら、まったくそのとおりだ、と答えた。もしヒトラーが、月はチーズでできている、と言ったとしても、おそらく、「もちろんです、総統閣下。月はリンブルガーチーズでできています」と答えただろう。

　ピエロはおばさんの様子をうかがったが、この晩は、いつもよりぴりぴりしているようだった。そして、エルンストからは目をはなさないようにしていたが、驚くほど落ちついているように見えた。

「飲みたまえ、エルンスト」総統は大声で言い、グラスにワインを注ぎ、運転手にさしだした。「今夜はきみの仕事はない。クリスマスイヴだからな。楽しめ」

「ありがとうございます、総統閣下」エルンストは答え、グラスを受けとると、偉大なる指導者のために乾杯の音頭をとった。ヒトラーはみなの喝采に小さく会釈で応え、珍しく笑みを浮かべた。

「そうだ、デザートがあったわ！」エマが声をあげたのは、テーブルの上の皿がほとんど空になったころだった。「もう少しで忘れるところだった！」

　エマが厨房（ちゅうぼう）からみごとなシュトレン（果物などを入れた焼き菓子で、とくにクリスマスに食べる）を運んできて、テーブルの上におくと、果物やマジパン、スパイスの香りがただよった。エマはシュトレンの形を、精一杯ベルクホーフ山荘そのものに似せていて、てっぺんにアイシングシュガーをたっぷりかけ、雪を表現していた。もっとも、かなり寛大な批評家でなければ、彫刻家としてのエマの腕をほめはしなかっただろう。ベアトリクスは青ざめた顔でシュトレンを見つめてから、エルンストの顔をうかがったが、運転手は頑としてベアトリクスのほうを見ようとしなかった。ピエロは、エマがエプロンのポケットからナイフをとりだしてシュトレンを切りはじめる様子を、緊張して見ていた。

「すばらしい出来栄えね、エマ」エーファがにっこり笑った。

「最初のひと切れは総統閣下に」ベアトリクスは少し大きめの声で言ったが、その声はかすかにふるえていた。

「それがいい」エルンストは応じた。「総統閣下、シュトレンが見た目どおりの出来かどうか、われわれに教えてくださらないといけません」

「残念だが、これ以上は入らんよ」ヒトラーは軽く腹をたたいて言った。「今でさえはちきれそうだ」

「いえ、そうはいきません、閣下！」エルンストはすかさず声を張りあげたが、その勢いにまわりが驚いた顔をしたので、あわてて続けた。「ああ、失礼しました。わたしはただ、閣下はご自身にもご褒美をさしあげるべきだと言いたかっただけです。今年も、われわれのために多くのことをしてくださいました。ひと切れでかまいません。クリスマスを祝うために。そのあと、われわれもいただきますから」

エマがひと切れ、大きめに切って皿にのせ、小さなフォークをそえてさしだすと、総統は、一瞬、どうしたものか、という目で見たが、笑って皿を受けとった。

「そうだな、エルンストの言うとおりだ」総統は言った。「クリスマスにシュトレンはつきものだ」そして、フォークでシュトレンを小さく切ると、口へ運んでいった。

「待って！」ピエロは叫び、前に飛びだした。「食べないで！」

みんながびっくりしてふりむくと、ピエロは総統のとなりに駆けつけた。

「どうした、ペーター？」総統はたずねた。「最初のひと切れを食べたいのか？　おまえがそんな礼儀知らずとは思わなかったぞ」

「フォークをおろして」ピエロは言った。

部屋中が、しんと静まりかえった。「なんだと？」ようやく、ヒトラーが冷たい声で言った。

「フォークをおろしてください、閣下」ピエロはくりかえした。「食べてはいけません」

だれもなにも言わず、ヒトラーはピエロからシュトレン、そしてまたピエロへと視線を移した。

「いったいなぜだ？」ヒトラーはとまどっていた。

「そのシュトレンは、どこかおかしいかもしれないからです」ピエロの声は、さっきのベアトリクスと同じようにふるえていた。もしかしたら、ピエロの疑いはただの思いこみかもしれない。笑い者になるようなことをしているだけで、もしそうなら、総統はピエロの感情にまかせたふるまいを決してゆるさないだろう。

「わたしの作ったシュトレンがおかしいっていうのかい？」エマの声が響いた。「いいかい、よくお聞き。

わたしはシュトレンを二十年以上こしらえてきたんだ。一度だって文句を言われたためしはないよ！」

「ペーター、あなた疲れてるのよ」ベアトリクスはそう言って歩みでると、ピエロの両肩に手をおき、その場からつれだそうとした。「どうかこの子をゆるしてやってください、閣下。クリスマスで興奮しているだけなんです。子どもはそういうものですから」

「手をはなせ！」ピエロがどなり、身をよじって逃れたので、ベアトリクスはぎょっとして片手を口にあて、あとずさった。「二度とぼくに手をふれるな！　わかったか、裏切者！」

「ペーター」総統が口をひらいた。「いったい――」

「閣下は、クリスマスになにか欲しいものはないか、とぼくにたずねましたよね」ピエロは総統の言葉をさえぎった。

「たしかにそう言ったが、それがどうかしたか？」

「あの、気が変わりました。ひとつお願いがあります。たいしたことじゃありません」

総統は、中途半端な笑みを浮かべて部屋の中を見まわした。なにがどうなっているのか、だれかすぐに説明してくれ、と言わんばかりだった。「いいだろう。で、なにが望みだ」

「そのシュトレンをエルンストに食べさせてください」

だれも口をきかず、身じろぎひとつしなかった。総統は皿の縁を指でたたきながら考えをめぐらせると、ゆっくりと、それはゆっくりと顔のむきを変え、運転手を見た。

「エルンストに最初のひと切れを食べさせろというのか?」総統は静かな声でききかえした。

「いけません、閣下」エルンストは首を横にふり、反論したが、声がかすれていた。「そんなことはできません。まちがっています。最初のひと切れは閣下に召しあがっていただくべきです。閣下は……」

運転手の声は恐怖のあまり、とぎれがちになった。「われわれに……それはよくしていただき……」

「だが、今日はクリスマスイヴだ」総統がそう言ってエルンストに歩みよると、ヘルタとアンゲはあとずさりして道をあけた。「いい子にしていた子どもの願いはかなえてやるべきだ。そして、ペーターほどいい子にしていた子どもはいないからな」

総統は皿を突きだし、エルンストの目をまっすぐに見て言った。「さあ食べろ。これを全部食べるんだ。どれほどうまいか教えてくれ」

総統が一歩下がると、エルンストはシュトレンを口もとへもっていき、しばらくそれを見つめていた。が、次の瞬間、フォークごと総統めがけて投げつけ、部屋から走りでていった。皿は床に落ちて割れ、エーファが悲鳴をあげた。

「エルンスト!」ベアトリクスが叫んだが、衛兵たちがすぐに運転手のあとを追っていった。どなり声が聞こえ、エルンストが外で衛兵たちともみあい、地面に押さえつけられる音がピエロの耳にも届いた。

はなせ、見のがしてくれ、と叫ぶ声が聞こえ、ベアトリクスやエマ、メイドたちはみな、驚きと恐怖で身を硬くした。

「どういうこと？」うろたえたエーファが、あちこちに目を走らせた。「なにが起きたの？　なぜエルンストは食べようとしなかったの？」

「わたしを毒殺しようとしたんだ」ヒトラーは悲しげな声で言った。「なんと嘆かわしい」

総統はそう言って踵（きびす）を返すと、廊下を歩いて執務室に入り、ドアをしめた。が、しばらくしてまたドアをあけ、ピエロの名をどなった。

その夜、ピエロはなかなか寝つけなかったが、それは夜が明けるとクリスマスの朝になるからではなかった。総統から一時間以上にわたって尋問されたピエロは、ベルクホーフに着いてから見聞きしたことを洗いざらい進んでしゃべり、エルンストに対して抱いていた疑いや、祖国ドイツをこのような形で裏切ったおばのベアトリクスへの失望も口にした。ヒトラーはピエロが話すことの大半をだまって聞き、質問はわずかしかしなかったが、そのひとつは、エマやヘルタ、アンゲや衛兵たちの中で、計画に関わった者がいるかどうかというものだった。だが、どうやら彼らは、エルンストとベアトリクスが計画していたことを、総統自身と同じで、まったく知らないように思われた。

「ペーター、おまえはどうだ？」ヒトラーは、ピエロを放免する前に問いただした。「なぜおまえは、そういう心配を、あらかじめわたしに知らせなかった？」

「なにをするつもりか、今夜になるまでわからなかったからです」ピエロは、自分まで今回の事件に関係していると思われて、オーバーザルツベルクから追放されてしまうのではないかと不安になり、みるみる顔が赤くなった。「エルンストが、総統閣下の話をしていたということさえ確かではありませんでした。最後の瞬間、エルンストが閣下にシュトレンを食べてほしいと言いはったところで初めて気づきました」

総統はこの説明に納得し、部屋へもどれと言った。そしてピエロは何度も寝返りを打っているうちに、ようやく眠りに落ちた。夢の中では不機嫌そうな両親の顔や、アブラームさんのレストランの一階にあったチェス盤、シャルル＝フロケ通り周辺の路地の風景などが現われた。また、ダルタニャンとアンシェル、そして、アンシェルが書いてくれていた物語のことを夢に見た。その後、夢はどんどんわけがわからないものになり、はっとして目がさめ、ベッドの上で体を起こしてみると、顔中、汗びっしょりだった。

すわったまま片手を胸に押しあて、肺の中に空気を入れようとしていると、外から、かすかな人声と砂利をふむ足音が聞こえてきた。ピエロはあわててベッドから飛びおりて窓の前へ行き、カーテンをあけて山荘の裏手に広がる庭園を見わたした。兵士たちは二台の車――エルンストが運転していた車ともう一台――をむかいあわせに停め、ヘッドライトをつけて、芝生の中央を不気味な光で照らしだしていた。三人の兵士が山荘の壁を背にして立ち、ピエロがそのまま見ていると、さらに二人の兵士がエルンストを連行してきて、ちょうどヘッドライトが交差するところに立たせた。ライトに照らされ、亡霊のように浮かびあがったエルンストは、シャツを引き裂かれ、ひどく殴られていて、片目がはれてふさがっていた。髪の生え際にできた深い傷から血が流れ、腹には青黒いあざができている。両手を背中でしばられ、今にも倒れそうなのに、足をふんばり、男らしく背筋を伸ばして立っていた。

その直後、コートを着て帽子をかぶった総統自身が姿を現わし、兵士たちの右に立った。そして、ひと言も言わずにうなずいてみせると、兵士たちはライフルをかまえた。

「ナチスに死を！」エルンストが叫ぶと同時に銃声が轟（とどろ）いた。ピエロが恐怖のあまり窓の下枠を強くにぎると、運転手の体は地面にくずれおちた。その後、エルンストを死に場所まで連行してきた衛兵の一人が、すたすたと近づき、ホルスターから拳銃をぬいて、死者の頭に銃弾を一発撃ちこんだ。ヒトラーがもう一度うなずくと、兵士たちは手を伸ばして足をつかみ、エルンストの死体を引きずっていった。

ピエロは片手を口に押しあて、叫びだしそうになるのをこらえると、床にへたりこみ、背中を壁にもたせかけた。こんな光景は今まで見たことがなかったし、あやうく吐きそうになった。

おまえのせいだ。頭の中で声が響いた。**おまえがエルンストを殺したんだ。**

「でも、エルンストは裏切者だ」ピエロは声に出して言った。「エルンストは祖国ドイツを裏切った！ 総統閣下を裏切ったんだ！」

ピエロは汗がパジャマに伝いおちるのもかまわず、壁にもたれたまま、気を落ちつけようとした。そして、ようやく、足に力がもどってきたと感じたころ、立ちあがり、思いきって窓から外を見てみた。するとすぐに、また衛兵たちが砂利をふむ足音が聞こえ、続いて、とりみだし、かん高い声で叫ぶ女たちの声が聞こえてきた。窓の下を見ると、エマとヘルタが出てきて、総統のとなりに立ち、なにか必死で訴えていた。エマの方は、今にもひざまずかんばかりだ。ピエロはなにが起ころうとしているのか理解できず、眉をひそめた。エルンストはもう死んでいる。今から命乞いをしてもおそい……。

その時、ピエロにも見えた。

ベアトリクスおばさんが、ほんの数分前までエルンストが倒れていた場所につれてこられたのだ。エルンストとちがって、手はうしろでしばられていなかったが、顔は同じようにひどく殴られ、ブラウスの前は裂けていた。ベアトリクスはなにも言わなかったが、一瞬、感謝の表情を浮かべて二人の女性を見やり、それから前をむいた。総統は、すさまじい口調でコックとメイドをどなりつけたが、すぐにエーファが出てきて、泣いている二人の手をとり、家の中につれていった。

おばさんに目をもどしたピエロは、全身の血が凍りついた。ベアトリクスはピエロの部屋の窓を見あげ、まっすぐにピエロの目を見つめていたのだ。視線が合い、ピエロはつばを飲んだが、どうすればいいか、なにを言えばいいか迷っているうちに、まるで山々の静寂をあざけるように銃声が響き、ベアトリクスの体は地面にくずれおちた。ピエロは目を見張るばかりで、その場から動けなかった。そしてまた、さっきと同じように、さらに一発、銃弾が撃ちこまれる音が夜の空気を切り裂いた。

でも、おまえは安全だ。ピエロは心の中で自分に言いきかせた。**おばさんはエルンストと同じ、裏切者だった。裏切者は罰を受けなきゃならない。**

ピエロは目をとじ、ベアトリクスの遺体は引きずられていった。そして、ようやく目をあけたピエロは、がらんとした芝生が目に入ってくるものだとばかり思っていた。が、庭の中央にはまだ、男が一人立ち、ついさっきのベアトリクスと同じようにこちらを見あげていた。

身じろぎもせずに立つピエロの目と、アドルフ・ヒトラーの目が合った。ピエロはなにをすべきかわかっていた。踵(かかと)を打ちあわせ、すばやく右手を前に伸ばすと、指先が窓ガラスをかすめた。そして、もうすっかり体に染みついている、いつもの言葉を叫んだ。

その日の朝、ベッドからおりたのはピエロだったが、今、ベッドにもどって安らかな眠りについたのはペーターだった。

第3部

1942
|
1945

第11章　特別な計画

会議が始まって一時間近くたったころ、ようやく二人の人物が到着した。ペーターが執務室の窓から見ていると、新しい運転手のケンプカが玄関前に車を止めた。ペーターは急いで外に走りでて、車からおりてくる将校たちを出迎えた。

「ハイル・ヒトラー！」ペーターが声を張りあげ、背筋を伸ばして敬礼すると、二人のうち背が低くて太ったほうの男、ビショフが、驚いて胸に手をあてた。

「こんなに大きな声を出さなきゃならんのかね？」ビショフがそう言って運転手のほうをふりむくと、ケンプカは、さげすむような目でペーターをちらりと見た。「で、何者なんだ、彼は？」

「フィッシャー親衛隊軍曹です」ペーターはハキハキと答え、黒地に二本の白い稲妻が浮かぶ襟章（えりしょう）を指で突いた。「ケンプカ、荷物を中へ運んでくれ」

「わかりました、軍曹」運転手はためらうことなく、ペーターの言葉どおりに動きはじめた。

階級章から中佐だとわかるもう一人の男は、右腕をギプスで固めていた。中佐は一歩前に出ると、ペーターの階級章をじっと見たあとで、温かみも親しみもかけらさえない目で少年の目をのぞきこんだ。なんとなく見おぼえのある顔だったが、だれなのか、ペーターははっきりとは思いだせなかった。ベルクホーフに来てから会った人物でないことは確かだ。この山荘にやってきた上級将校の名前は、すべて細かく記録してある。が、頭の隅で、どこかで互いの道が交わったことがあるのはまちがいないと感じていた。

「フィッシャー軍曹」中佐は静かな声で言った。「きみはヒトラーユーゲントに入っているのかね?」

「はい、中佐」

「年齢は?」

「十三です。総統閣下が、わたしの、閣下と祖国ドイツへの大きな貢献を認めてくださり、ほかの隊員より一年早く昇格させてくださいました」

「なるほど。しかし軍曹なら、部下となる分隊が必要ではないのか?」

「はい、中佐」ペーターはまっすぐ前を見たまま答えた。

「で、その分隊はどこにいる?」

「は?」

「きみの分隊だよ。何名のユーゲント隊員がきみの指揮下にあるのかね? 十名なのか? 二十名?

五十名か？」

「オーバーザルツベルクにユーゲント隊員はいません」ペーターは答えた。

「一人もかね？」

「はい、中佐」ペーターは、ばつの悪い思いをした。軍曹に任命されたのは誇らしかったが、一度も同じ組織に属するほかの隊員たちとともに訓練を受けたり、生活したりしたことがなく、わずかでも同じ時間を共有していないことを恥じていた。そして総統は、ときおり新たな肩書を、昇格代わりにペーターにくれるのだが、それはほとんど名ばかりなのは明らかだった。

「部下のいない軍曹だとさ」中佐はふりかえり、ビショフにむかって笑いかけた。「そんな話は聞いたことがない」

ペーターは頬が赤らむのを感じ、そもそも、表へ出てこなければよかった、と思った。この二人はぼくがうらやましいだけだ、と自分に言いきかせてみる。いつか本当の力を手にした時、こいつらをぎゃふんと言わせてやろう。

「カール！　ラルフ！」声が聞こえ、山荘から出てきたヒトラーが階段をゆっくりとおり、二人の男と握手を交わした。総統はいつになく上機嫌だった。「やっと着いたか！　なにかあったのか？」

「申しわけありません、閣下」ケンプカがそう言って、踵（かかと）をカチリと打ちあわせ、さっと右腕を上げた。「ミュンヘンからの列車がザルツブルクに到着するのがおくれまして」

「なぜおまえがあやまる?」ヒトラーは、前任の運転手とちがい、新しい運転手と親しく言葉を交わすことはなかった。だが、ある晩、それを知ったエーファは、少なくともケンプカは一度もあなたを殺そうとしたことはないわよ、と言ったものだ。「おまえのせいで列車がおくれたわけではあるまい。さあ、二人とも入りたまえ。ハインリヒは中にいる。わたしもすぐに行くよ。ペーターがわたしの執務室まで案内する」

二人の将校はペーターのあとについて廊下を進んでいった。ペーターがドアをあけると、中では親衛隊長官のハインリヒ・ヒムラーが待っていた。ヒムラーは二人と握手を交わし、ぎごちない笑みを浮かべた。ペーターは、ヒムラーがビショフには親しげにしているが、中佐には少しよそよそしいように見えるのに気づいた。

ペーターが三人を部屋に残して廊下をもどっていくと、総統が窓の前に立ち、手紙を読んでいた。

「総統閣下」ペーターはそう言って、近づいていった。

「なんだ、ペーター?　わたしは忙しいんだ」ヒトラーは答えると、手紙をポケットに入れ、少年に視線を移した。

「閣下、わたしは自分の価値を証明してみせたと思うのですが」ペーターは姿勢を正して言った。

「もちろんだ。なぜそんなことをきく？」

「中佐殿に言われたからです。わたしの肩書には責任がともなっていない、というようなことを」

「ペーター、おまえはいろいろな責任を負っている。わたしが、ここオーバーザルツベルクですごす日々には欠かせない存在だ。むろん、勉学にはげむこともおまえの責任だぞ」

「考えたのですが、わたしはわが国の闘争においても、もう少し力になれるのではないでしょうか」

「なにができるというのだ？」

「わたしは戦いたいのです。体も強いし、健康です。わたしは――」

「十三だぞ」総統はさえぎり、ちらりと笑みを浮かべた。「ペーター、おまえはまだ十三歳だ。軍隊は子どもが行くところではない」

ペーターは、行き場のない思いに頬が火照(ほて)るのを感じた。「わたしは子どもではありません、閣下。父は祖国ドイツのために戦いました。わたしも戦いたいのです。閣下に誇りに思ってもらえるように、そして、穢(けが)されてしまったフィッシャーの家名に名誉をとりもどすために」

これを聞いた総統は、鼻で荒い息をした。「わたしがなぜ、おまえをここにおいてやっていると思う？」

ペーターは首を横にふった。「なぜですか？」

「名前は二度と口にする気はないが、あの裏切者の女が、おまえをこのベルクホーフに引きとってもいいかときいてきた時、わたしはあまり乗り気ではなかった。子どもの相手をしたことはないし、知ってのとおり、自分の子どももいない。この山荘の中を子どもが走りまわり、わたしのじゃまをするようなことを、ほんとうに望んでいるのだろうか、と思ったのだ。わたしは根がやさしいものだから、しぶしぶ認めてしまったが、その決断を後悔するようなことを、おまえは一度もしなかった。もの静かで、勉強熱心な子どもだったからな。あの女の犯罪が発覚したあと、おまえを追いだすべきだと言った者も多く、あの女と同じ目にあわせるべきだと言う者さえいた」

ペーターは目を見張った。ベアトリクスとエルンストが企てた不幸な事件のせいで、ペーターまで銃殺しろと言った人間がいたとは。いったいだれだったのだろう？　衛兵の一人か？　ヘルタやアンゲだろうか？　エマなのか？　みな、ベルクホーフでペーターの指図を受けることをきらっていた者たちだ。それを根にもち、殺してしまえと思ったのだろうか？

「だが、わたしはこばんだ」総統は続けた。ブロンディが通りかかったので指を鳴らすと、犬はよってきて、総統の手に鼻を押しつけた。「わたしはこう言った。ペーターはわたしの友人であり、世話係だ。決してわたしを裏切らない、とな。たしかに血統はよくない。卑しむべき家系だ。それでもなお、一人前になるまでここに住まわせる、と。だが、ペーター、おまえはまだ子どもだ」

ペーターは、「子ども」と言われて青ざめ、腹の底に欲求不満がたまっていくのを感じた。

「もう少し大きくなったら、なにかおまえのためにしてやれることがあるだろう。むろん、そのころには戦争はとっくに終わっているはずだ。おそらく、来年にはわが国は勝利をおさめる。それだけは確かだ。今のうちは勉学にはげめ。それがもっとも大切だ。今から数年後、わがドイツ国内で重要な役職がおまえを待っているのはまちがいない」

ペーターはうなずいた。がっかりはしていたが、あれこれききかえしたり、総統を説得しようとしたりしてはならないことはわかっている。これまで何度も、おだやかだった総統が、いきなり平常心をなくして激怒するのを見ていたからだ。ペーターは踵を打ちあわせ、いつものように敬礼すると、廊下を引きかえし、外に出た。するとケンプカが車によりかかり、タバコを吹かしていた。

「ちゃんと立て」ペーターはどなった。「だらけるな」

たちまち運転手はよりかかるのをやめ、背筋を伸ばした。

ペーターは厨房で一人、なにか食べるものはないかと、ビスケットの缶や食器棚をあけていた。このごろは、一日中腹がへっていて、いくら食べても決して満腹にはならない気がしていた。ヘルタからは、十代のころはみなそうだ、と言われた。ケーキスタンドのガラスの蓋をもちあげたペーターは、できたてのチョコレート味のスポンジケーキが現われたのを見て笑みを浮かべ、ナイフを入れようとした。

するとそこへ、エマが戸口をぬけて入ってきた。

「ペーター、そのケーキに指一本でもふれようものなら、おまえを膝にのせて、お尻を木ベラで思いきりたたいてやるからね」

ペーターはくるりとふりむき、冷たい目でエマをにらんだ。一日のうちに、こう何度も侮辱されてはがまんならない。「そんなおどしで引きさがる年だと思ってるのか？」

「ああ、思ってるよ」エマはそう言うと、ペーターを押しのけ、ケーキに蓋をした。「自分がどれだけえらいと思ってるか知らないけど、厨房にいる時はあたしの言うとおりにしてもらうよ。お腹がすいているのなら、冷蔵庫に残りものの鶏肉があるから、それでサンドイッチでも作るといい」

ペーターは冷蔵庫のドアをあけ、さっと中を確かめた。たしかに棚のひとつに、下ごしらえした詰め物を入れたボウル、作りたてのマヨネーズのボウルとならんで、鶏肉をのせた皿がおいてある。

「言うことなしだ」ペーターは喜んで手をたたいた。「こいつはうまそうだ。作ってよ、エマ。そのあとで、なにか甘いものも食べたいな」

ペーターがテーブルの前にすわると、エマは腰に両手をあててペーターをにらみつけた。「あたしはおまえの召使いじゃないよ。サンドイッチが食べたいなら、自分で作りな。その手はなんのためにあるんだい？」

「おまえはコックだろう」ペーターは落ちつきはらって言った。「こっちは腹をすかせた軍曹だ。サンドイッチを作るのはおまえの仕事だ」エマは動かなかったが、ペーターは、エマが迷っているのを見てとった。もうひと押しすれば言うことをきくだろう。「早くしろ！」ペーターはどなり、テーブルをこぶしでドンとたたいた。エマはびくっとして、なにごとかぶつぶつ言いながら、冷蔵庫から材料を出し、パンケースにしまってあったパンから、厚めに二切れ切った。エマがサンドイッチを作ってペーターの前におくと、ペーターは顔を上げ、にっこり笑った。

「ありがとう、エマ」ペーターはおだやかな声で言った。「うまそうだ」

エマはペーターの視線を受けとめた。「きっと遺伝なんだろうね」エマは言った。「おばさんのベアトリクスも、チキンサンドイッチには目がなかったよ。もっとも、あの人は自分で作っていたけどね」

ペーターは奥歯をかみしめ、激しい怒りが腹の底からわいてくるのを感じた。ぼくにはベアトリクスなんておばさんはいない、そう、自分に言いきかせる。それはどこかよその男の子の話だ。ピエロという名の……。

「ところで」エマが口をひらき、エプロンのポケットに手を入れた。「さっき、おまえあてにこれが届いたよ」

ペーターは封筒を受けとり、見なれた筆跡に目を走らせると、封を切らずに突きかえした。

「燃やしてくれ。ぼくあてに来た同じような手紙も全部だ」

「これはパリの幼なじみからの手紙じゃないのかい?」エマはまるでそうすれば、中に書いてある文字がすけて見えるとでも言わんばかりに、封筒を光にかざした。

「燃やせと言っただろう」ペーターは語気を強めた。「パリに友だちなんていない。とくに、しつこく手紙をよこして、生活がどんなにつらいか書いてくるこのユダヤ人は友だちじゃない。こいつはドイツ軍がパリを占領したことを喜ぶべきだ。まだ、パリで暮らすことを認められているのは運がいい」

「おまえが初めてここへ来た日のことを、あたしはおぼえてるよ」エマは静かに言った。「そこにある丸椅子にすわって、なかよしのアンシェルの話をしてくれたっけ。自分の代わりに犬の面倒を見てくれてることや、二人にしかわからない特別の手話のことをね。アンシェルはキツネ、おまえは犬で——」

ペーターはエマに最後まで言わせず、いきなり立ちあがってエマの手から封筒を引ったくった。すると、ペーターのあまりの勢いに、エマは足をすべらせて床に尻もちをつき、悲鳴をあげたが、どこかをひどく痛めるような倒れ方ではなかった。

「いったいどういうつもりだ?」ペーターは引きつった声で言った。「なぜいつもそんなふうに、ばかにした態度をとる?　ぼくの立場がわからないのか?」

「わかるもんかね」エマは感情的になり、声を荒らげた。「ちっともわからないよ。でも、昔、おまえがどんな子だったかはおぼえてるよ」

ペーターは両手のこぶしをにぎりしめたが、それ以上なにか言う前に、総統が厨房のドアをあけ、中をのぞきこんだ。

「ペーター！　ちょっと来てくれ。手を貸してくれないか」

総統はそう言って、ちらりとエマを見たが、彼女が厨房の床に倒れていることはなんとも思っていないようだった。ペーターは暖炉に手紙を投げいれ、エマを見おろした。

「こういう手紙は二度と受けとりたくない。わかったか？　もし届いたら捨ててしまえ。一通でもまたぼくのところへもってきたら、後悔するぞ」ペーターはまだ手をつけていないサンドイッチをテーブルの上からつかみとると、ゴミバケツの前まで行って投げいれた。「あとでまた作りなおしてくれ」ペーターは言った。「必要になったら知らせる」

「見てのとおり……」ペーターが執務室に入っていくと、総統は言った。「中佐はけがをしている。通りで暴漢に襲われる災難にあった」

「腕を折られてしまったよ」中佐は、たいしたことはないと言いたげに、落ちついた口調で言った。

「だから、そいつの首をへし折ってやった」

部屋の中央にあるテーブルにむかってすわっていたヒムラーとビショフが、顔を上げて笑った。テーブルの上には、写真や図面が何枚も広げられている。

「とにかく、中佐は当分ペンがもてないので、代わりに議事録をとってくれ。静かに椅子にすわり、われわれの話を書きとめるんだ。口をはさむなよ」

「わかりました、総統閣下」ペーターは今から五年近く前、この同じ部屋にウィンザー公がすわっていた時、場をわきまえずに口をきき、どれほど恐ろしい思いをしたか思いだした。

ペーターは最初、総統の机にむかってすわるのは気が進まなかったが、ほかの四人がテーブルについているので、しかたがなかった。椅子に腰かけて両手を机の上に押しあて、さっと室内を見まわすと、途方もなく大きな力を感じた。左右にはドイツ国旗とナチスの旗が立てられている。最高権力者としてここにすわるのはどんな気持ちなのか、想像せずにはいられない。

「ペーター、ちゃんと聞いているか？」ヒトラーがふりむき、ぴしゃりと言った。ペーターは背筋を伸ばしてすわりなおし、便箋を引きよせて、机の上にあった万年筆のキャップをひねってはずすと、発言を書きとりはじめた。

「さて、ここが提案された場所です」ビショフが一連の図面を示しながら言った。どうやら、このカール・ビショフという将校は、建築の専門家らしい。「閣下もご承知のように、以前からある十六棟の建物は、すでにわれわれの使用目的にそって改築されていますが、ここへ送られてくる予定の人数を収容する能力はまったくありません」

「今は何人いるんだね?」総統がたずねた。

「一万人以上います」ヒムラーが答えた。「大半がポーランド人です」

「そして、このあたりが」ビショフが、収容所のまわりに広がる広大な場所を指さした。「わたしが『開発区域』と呼んでいる部分です。面積は約四十平方キロ、われわれの目的にうってつけの土地です」

「で、現在、そこはすべて空き地なのか?」ヒトラーはそう言って、地図上に指を走らせた。

「いいえ、閣下」ビショフは首を横にふった。「地主や農民たちの住居があります。彼らからこの土地を購入することを検討しなければならないでしょう」

「没収すればいい」中佐が肩をすくめ、こともなげに言った。「この土地は国家が使用するために接収する。住民はそのことを理解しなければならない」

「しかし――」

「続けてくれ、ビショフ」総統が言った。「ラルフの言うとおりだ。土地は接収する」

「わかりました」ビショフは答えたが、見ると、はげた頭のまわりに、ペーターにもわかるほど汗をかきはじめていた。「では、これが、わたしが考えた第二収容所の平面図です」

「面積は？」

「約百七十万平方メートルです」

「そんなに広いのか？」総統は顔を上げたが、明らかに感心しているようだった。

「閣下、わたしは自分でもここへ足を運んだのですが」ヒムラーが誇らしげな表情を浮かべて言った。

「ひと目でうってつけの場所だと思いました」

「さすが、わが忠実なるハインリヒだ」ヒトラーは微笑(ほほえ)み、片手をしばしヒムラーの肩におき、再び図面に見入った。ヒムラーは総統の賛辞に顔を輝かせた。

「わたしの計画では、ここに三百棟の建物を建てることになります」ビショフが続けた。「この手の収容所としては、ヨーロッパ最大のものになるでしょう。ごらんのとおり、ごく一般的な配置を採用していますが、それによって警備が容易となり――」

「当然の配慮だ」総統はさえぎった。「で、三百棟で囚人を何名収容できるのかね？　それほどの人数とは思えないのだが……」

「ですが、閣下」ビショフは腕を大きく広げて答えた。「少なくはありません。一棟あたり六百名から七百名を収容できるのですから」

ヒトラーは顔を上げ、片目をつむって暗算しようとした。「つまり……」

「二十万人ですね……」ペーターが机ごしに答えた。またしても、そのつもりはないのに口をはさんでしまったが、この時ペーターを見た総統の顔は、腹をたてているというより、むしろ満足そうだった。

総統は将校たちに視線をもどし、驚いたように頭をふった。

「計算はあっているか？」

「はい、閣下」ヒムラーが答えた。「概算ですが」

「すばらしい。ラルフ、きみは二十万人の囚人を管理できると思うかね？」

中佐はためらうことなくうなずいた。「任務を遂行できると自負しております」

「諸君、これはみごとな計画だ」総統は満足そうにうなずいた。「で、警備はどうする？」

「収容所を九つの区画に分けることを提案します」ビショフは答えた。「この図面をごらんになれば、その区画がわかります。たとえば、このあたりには女性用の宿舎を建てます。こちらには男性用を。各区画は鉄条網でかこみ――」

「電気を通した鉄条網だ」ヒムラーが口をはさんだ。

「もちろんです、長官。電気鉄条網です。そうすれば、だれも自分のいる区画の外へ逃げることは不可能となります。しかし、万一、その不可能が起こった場合に備え、収容所全体を第二の電気鉄条網でかこみます。脱走を企てれば、それは自殺行為となるでしょう。さらに、あちこちに監視塔を建てます。塔の上に兵士を配置し、逃げようとする者はだれでも狙撃する準備をさせます」

「ここにあるのは？」総統は平面図の上のほうを指さした。「これはなんだ？　サウナと書いてあるが」

「ここには蒸気加熱室を作ることを提案します」ビショフは答えた。「囚人たちの衣服を殺菌するために。ここに到着するころまでには、彼らはシラミやばい菌だらけでしょうからね。収容所内に病気が広がることを防ぎたいのです。われわれは、勇敢なるドイツ軍兵士の健康を考えてやらねばなりません」

「なるほど」ヒトラーの目は、まるでなにか見つけたいものがあるかのように、図面上のこみいった線の上を行き来した。

「それぞれ、シャワー室に見えるように設計されています」ヒムラーが言った。「ただし、天井からふってくるのは水ではありません」

ペーターは便箋から顔を上げ、眉をひそめた。「失礼ですが、長官……」

「なんだね、ペーター？」ヒトラーはため息をついてふりむいた。

「おゆるしください、聞きちがえたのではないかと思いまして」ペーターは言った。「ヒムラー長官殿は、今、シャワーからは水が出ない、とおっしゃったように聞こえたものですから」

四人の男は少年を見つめ、しばらくだれもなにも言わなかった。

「これ以上、口をはさまないでくれるか、ペーター」総統はおだやかな声で言い、むきなおった。

「申しわけありません、総統閣下。ただ、中佐殿におわたしする議事録に、まちがいを書きたくなかったものですから」

「まちがってはいない。さて、ラルフ、なんの話だったかな……。ああ、処理能力は？」

「最初は一日約千五百です。一年以内に倍増できるでしょう」

「それはいい。大切なのは常に囚人を入れ替えていくことだ。この戦争に勝利する前に、われわれが受けつぐ世界を、われわれの目的にかなった純粋なものにしておかなければならない。カール、きみの計画は申し分ない」

ビショフはほっとした表情を見せ、頭を下げた。「ありがとうございます、総統閣下」

「あとは、いつ建設を始めるかを確認しておきたいだけだ」

「閣下のご命令があれば、今週にも作業を開始できます」ヒムラーが言った。「そして、ラルフがいつもどおりの有能さを発揮すれば、収容所は十月までに開設できるでしょう」

「その点はなんの心配もいりませんよ、ハインリヒ」中佐は苦笑いを浮かべて応じた。「十月までに収容所の受けいれ準備が終わっていなかったら、罰としてわたしも収容してもらってかまわない」

ペーターは、休まず書きつづけていたせいで手が疲れはじめていたが、中佐の口調にあるなにかが、頭の隅に残っていた記憶を呼びさました。顔を上げて収容所長の顔をよく見てみる。そして、どこで見たのか思いだした。あれは六年前のことだ。マンハイムの駅で、ミュンヘン行きの列車が何番線から出るのか確かめるために、発着時間を示す掲示板にむかって急いでいると、灰褐色の軍服を着た男とぶつかってしまった。するとその男は、倒れたペーターの手の指を靴でふみつけたのだ。奥さんと子どもが呼びにこなかったら、男はペーターの手の骨を折っていただろう。

「よく練られた計画だ」総統は答え、笑みを浮かべて両手をもみあわせた。「一大事業だな、諸君。ひょっとしたら、ドイツ国民がとりくむ史上最大の事業かもしれん。ハインリヒ、この計画を許可する。ただちに収容所の拡張計画を実行に移してくれたまえ。ラルフ、きみは即刻、現地にもどり、作業の監督をたのむ」

「承知しました、閣下」

中佐は敬礼すると、机の前へやってきて、ペーターを見おろした。

「なんでしょう？」ペーターはたずねた。

「議事録をよこせ」中佐は答えた。

ペーターは便箋をわたしたが、そこには、四人がしゃべったことを、ほとんどすべて書きとめたつもりだった。中佐はちらりとそれに目をやると、背をむけてみなに挨拶をし、部屋を出ていった。

「おまえも下がっていいぞ、ペーター」総統が言った。「外へ出て遊びたいのなら、そうしなさい」

「部屋へもどって勉強します、総統閣下」ペーターは答えたが、内心では、総統の話し方に、はらわたが煮えくりかえる思いだった。今の今まで、信頼された腹心の友として、この国でもっとも重要な席にすわり、総統の特別な計画について議事録をとることをまかされていたというのに、次の瞬間には、幼い子どものようにあつかわれたのだ。たしかに自分はまだ若いかもしれないが、少なくとも、水の出ないシャワー室を作ってもしかたがないことくらいはわかる、とペーターは思った。

第12章　エーファのパーティー

カタリーナがベルヒテスガーデンにある父親の文具店で働きはじめたのは、十五歳の誕生日を迎えてすぐ、一九四四年のことだった。この日、ペーターは山をおりてカタリーナに会いにいったが、とても誇りに思っているヒトラーユーゲントの制服を着るのはやめ、この地方でよくはかれている膝丈の革の半ズボンに茶色い靴、白いシャツに黒っぽいネクタイという服装にした。どういうわけかカタリーナは制服が好きではないようなので、きらわれる理由を作りたくなかったのだ。

ペーターは店の外を一時間近くうろつきながら、中に入る勇気をふるいおこそうとしていた。もちろん、学校では毎日会っているが、それとはまた話がちがう。この日、ペーターはあることをカタリーナに言おうと思っていたのだが、それを切りだすことを考えると、不安で胸がいっぱいになった。学校の廊下で休み時間に言おうかとも思ったが、クラスメートのだれかに、いつじゃまをされるかわからないので、こうして店に来るのが一番だと考えたのだ。

店に入ると、カタリーナは棚に革装のノートを補充しているところだった。カタリーナがふりむくと、ペーターは、願望と不安の入りまじったおなじみの気持ちがわいてくるのを感じ、みぞおちに吐き気をおぼえた。ペーターは、カタリーナに好かれたくてたまらなかったが、その願いは結局かなわないのではないかと恐れてもいた。この時も、立っているのがペーターだとわかったとたん、カタリーナは浮かべていた笑みを引っこめ、だまって仕事にもどってしまった。

「やあ、カタリーナ」

「こんにちは、ペーター」カタリーナは答えたが、ふりむかなかった。

「いい天気だね。この時期のベルヒテスガーデンは美しい。もちろん、きみは一年中美しいけれど」ペーターは体をこわばらせ、首をふった。首筋から頬のあたりまで赤くなっていくのがわかる。「いや、あの、この町は一年中美しい。美しいところだ。ベルヒテスガーデンに来るたびに、ぼくはいつも感動するんだ、ここは、その……なんて……」

「美しい？」カタリーナはあとを続けると、ノートの最後の一冊を棚におさめ、どこかよそよそしい態度でむきなおった。

「うん」ペーターは意気消沈していた。この時のために、なにをしゃべるかあんなに準備したのに、出だしからつまずいてしまった。

「なにか欲しいものでもあるの？」

「ああ。万年筆のペン先とインクが欲しい」

「種類は？」カタリーナはそう言いながらカウンターの奥に入り、ガラス戸棚の鍵をあけた。

「この店にある最高級のやつを。なにしろ、アドルフ・ヒトラー総統閣下がお使いになるんだから」

「そうよね」カタリーナは、これ以上ないほど気のない返事をした。「ペーターはベルクホーフで総統と一緒に暮らしてるんですものね。みんなが忘れないように、もっと宣伝したほうがいいわよ」

ペーターは眉をひそめた。カタリーナがこんなことを言うなんて驚きだ。自分では、今でも総統との関係はかなり口にしていると思っている。少ししゃべりすぎなんじゃないかと思うことさえあった。

「それはともかく、高級とかそういうことじゃなくて」カタリーナは続けた。「ペン先の太さや硬さをきいたのよ。細字か中字か太字か。上品な字を書きたいのなら、軟細字がいいかも。それとも、フォルカン？　スタブ？　コースかしら？」

「中字を」ペーターは答えた。ものを知らないと思われたくないが、これなら、たぶんまちがいないだろう。

カタリーナは木製の箱をあけ、ペーターの顔を見た。「何本？」

「半ダース」

カタリーナがうなずいてペン先を数えはじめると、ペーターは親しげに見えるよう、カウンターの上に身を乗りだした。

「ガラスに手をつかないでくれる?」カタリーナは言った。「さっきみがいたばっかりなんだから」

「ああ、ごめんよ」ペーターは上体を起こした。「ただ、ぼくの手はいつもきれいだけどね。なんてったって、ぼくはヒトラーユーゲントの中でも一目おかれているんだ。ユーゲント隊員は清潔なのが自慢だし」

「ちょっと待って」カタリーナは手を止めて顔を上げると、まるでそんな大切な話は初めて聞いたと言わんばかりの表情をしていた。「あなた、ほんとうにヒトラーユーゲントの隊員なの?」

「ああ、うん」ペーターは、なにを今さら、と思った。「毎日制服を着て学校へ行ってるだろ」

「ペーターったら」カタリーナは頭をふり、ため息をついた。

「ぼくがユーゲントの隊員だってことは、きみも知ってるじゃないか!」ペーターはいらついた口調で言いかえした。

「ペーター」カタリーナはそう言うと、腕を大きく広げ、目の前のガラス戸棚の中にならんでいるペンとインクびんの列を示した。「インクもいるのよね?」

「インク?」

「ええ。インクも買いたい、って言ったじゃない」

「ああ、もちろん。六本たのむ」

「色は?」

「黒を四本、赤を二本」

戸口の上にあるベルが鳴ったので、うしろをふりかえると、男が大きな箱を三つ抱えて店に入ってきた。カタリーナは受けとりのサインをすると、今までクラスメイトにむかって話していたより、ずっと親しげな口調で言葉を交わした。

「ペンの補充かい?」再び二人きりになると、ペーターはなんとか会話を続けようと思い、そうたずねた。女の子と話をするのは、思っていたよりずっとやっかいだ。

「紙や、ほかの商品もね」

「だれか手伝ってくれる人はいないの?」ペーターは、カタリーナが箱を店の隅に運び、きちんと積みかさねるのを見ていた。

「前はいたのよ」カタリーナはおだやかな声で答えると、ペーターとまっすぐに目を合わせた。「ルートっていう、とても親切な女性がここで働いてたの。二十年近くね。わたしにとっては第二のお母さんのような人だった。でも、もう、いないわ」

「へえ?」ペーターは答えたが、どこかで罠(わな)におびきよせられているような気がしていた。「で、その人はどうしてるんだい？」

「知るわけないでしょ。つれていかれちゃったんだもの。ご主人もそう。三人の子どもたちも。息子さんの奥さんも。息子さんの二人の子どもも。それ以来、だれからも連絡がないわ。ルートは軟らかくて細いペン先の万年筆が好きだった。趣味のいい、教養のある人だったから。だれかさんたちとちがって……」

ペーターは窓の外に目をやった。人を見下したものの言い方をされた腹立たしさと、カタリーナへの胸を焦がすような欲望とがまじりあった。学校で前の席にすわっているフランツという男の子が、最近、グレートヒェン・バフリルと仲よくしはじめ、先週の昼休みに二人がキスをしていたといううわさで学校中がもちきりだった。また、マルティン・レンジンクという男の子が、何週間か前にあった自分のお姉さんの結婚式に、レーニャ・ハレを招待したそうで、その日の晩、手をとりあってダンスをしている二人の写真がみんなのあいだで回されていた。あいつらは、いったいどうやったんだろう？カタリーナはこんなに手強い(てごわい)のに……。こうしている今も、窓の外には男の子と女の子が見えていた。知らない子たちだったが、ペーターやカタリーナと同じくらいの年だろう。ならんで歩きながら、なにかの話題で笑いあっている。男の子が腰を落とし、サルのまねをしてみせると、女の子は吹きだして大笑いした。二人は一緒にいても肩の力がぬけているように見える。どういう気分なのか、ペーターには想像できなかった。

「ユダヤ人なんだろ?」ペーターはカタリーナにむきなおり、腹立ちまぎれに吐きすてるように言った。

「その、ルートって女や家族は、みんなユダヤ人じゃないのか?」

「そうよ」カタリーナは答えた。そして前かがみになった拍子に、ブラウスの一番上のボタンがはずれかけていることにペーターは気づいた。そうしろと言われれば、いつまでもそのボタンを見つめていられるだろう。周囲の音が消え、動くものもなくなり、待つうちに、やがてありがたいそよ風が吹いてきて、ブラウスの胸もとがさらに大きくひらくかもしれない……。

「ベルクホーフを見てみたいと思ったことはないかい?」少し間をおいて、ペーターはたずねた。そして、さっき無礼な口のきき方をされたことは忘れようと思いながら、カタリーナの顔に目をもどした。

カタリーナは驚き、ペーターを見返した。「なんですって?」

「今週末にパーティーがあるから、ちょっときいてみたんだけどさ。総統閣下と仲のいい、エーファ・ブラウンさんの誕生日パーティーなんだ。えらい人たちがたくさんやってくるぞ。きみも、ここでの退屈な生活を少しはなれて、そういう華やかな催しに出て刺激を受けてみたくないかい?」

カタリーナは片方の眉を上げて小さく笑うと、「やめとくわ」と言った。

「もちろん、お父さんと一緒でもいい。一人ではちょっと、と思ってるのなら、そうすれば問題ないだろ?」

「いいえ」カタリーナは首を横にふった。「ただ、行きたくないだけだから。それだけよ。でも、誘ってくれてありがとう」

「お父さんと一緒に、っていうのは、なんの話だい?」カタリーナの父親のホルツマンさんが、タオルで手をぬぐいながら奥の部屋から出てきた。タオルの上に、黒いインクの染みがイタリアの形に広がっていく。ホルツマンさんはペーターに気づき、はたと立ちどまった、ベルヒテスガーデンには、ペーターのことを知らない人はほとんどいない。「やあ、こんにちは」ホルツマンさんは背筋を伸ばし、胸を張って姿勢を正した。

「ハイル・ヒトラー!」ペーターは声を張りあげて踵(かかと)をカチリと打ちあわせ、いつものように右手を伸ばして敬礼した。

カタリーナは驚いて飛びあがり、胸に手をあてた。ホルツマンさんも同じように敬礼してみせたが、ペーターとくらべると、その動作はずっとぎこちなかった。

「はい、ペン先とインク」カタリーナはそう言いながら、代金を数えているペーターに商品の包みをさしだした。「じゃあね」

「お父さんと一緒に、というのは、なんの話だい?」ホルツマンさんは娘のとなりまでやってきて、くりかえした。

「フィッシャー曹長がね……」カタリーナはため息まじりに答えた。「わたしを、というか、わたしたちを、土曜日にベルクホーフでひらかれるパーティーに招待してくれたの。誕生日パーティーに」

「総統の誕生日なのか？」カタリーナの父親は目を丸くしてたずねた。

「いいえ」ペーターは答えた。「お友だちのエーファ・ブラウンさんの誕生日です」

「それでも、たいした名誉じゃないか！」ホルツマンさんは大きな声をあげた。

「お父さんにとってはそうなんでしょうね」カタリーナは応じた。「もう、自分の考えなんかなくしちゃったんだもの」

「カタリーナ！」ホルツマンさんは娘にむかって顔をしかめてから、ペーターのほうにむきなおった。

「曹長、どうか娘の無礼をゆるしてやってほしい。この子は考える前にしゃべるからね」

「少なくとも、考えてはいるわ」カタリーナは言った。「お父さんとちがって。お父さんが最後に自分の意見をもったのはいつ？　押しつけられたことを、そのままうのみにしてるだけじゃない！」

「カタリーナ！」ホルツマンさんはどなった。顔がみるみる赤くなっていく。「親にむかってそんな口をきくのなら、部屋へ行ってなさい。申しわけない、曹長、娘はむずかしい年ごろで……」

「ペーターはわたしと同い年よ」カタリーナはつぶやいたが、かすかに身をふるわせていたので、それに気づいたペーターは驚いた。

「喜んで出席させてもらうよ」ホルツマンさんはそう言うと、軽く頭を下げ、感謝の気持ちを表わした。「行けないわよ、お父さん。お店のことを考えなきゃ。お客さんはどうするの。それに、わかってるでしょ、わたしがどう思って――」

「店の心配はいらない」ホルツマンさんは大声で言った。「お客さんのことも、そのほかのことも心配するな。カタリーナ、これはフィッシャー曹長がくださったとても名誉な機会だ」それから、またペーターに目をもどした。「何時までに行けばいいんだろうか?」

「四時すぎなら、いつでも」ペーターは、結局、ホルツマンさんも来ることになって、少しがっかりしていた。カタリーナが一人で来てくれれば、それにこしたことはなかったのだが……。

「出席させてもらうよ。それから、ほら、この金は返しておく。品物は、わたしからのプレゼントだと言って総統閣下にわたしてくれないか」

「ありがとうございます」ペーターは微笑(ほほえ)んだ。「それでは、その時にまた。楽しみにしています。さよなら、カタリーナ」

ペーターは店の外に出ると、カタリーナとの対面を終えたことにほっとして息を吐き、ホルツマンさんが返してくれたお金はポケットにしまった。ペン先とインクをただにしてもらったことはだまっておけばいい……。

パーティー当日、ベルクホーフには、ドイツでもっとも有力な人物たちが何人も集まっていたが、そのほとんどが、総統をさけるのに懸命で、エーファのお祝いどころではなさそうだった。ヒトラーは、午前中、親衛隊長官のヒムラー、宣伝相のヨーゼフ・ゲッベルスらと執務室にこもっていたが、ドアごしに聞こえる大きなどなり声からして、総統の機嫌が悪いことはペーターにもわかった。さらに新聞記事を読んで、戦況が思わしくないことも知っていた。イタリアはすでに降伏している。ドイツ海軍の最重要艦艇の一隻、戦艦シャルンホルストはノルウェーの北岬沖で撃沈されてしまった。そして、ここ数週間、ベルリンはイギリス軍によって度重なる空爆を受けていた。パーティーが始まると、執務室から解放された将校たちは、他愛のない話を交わせることに胸をなでおろしているようだった。さっきまでは、怒りくるう総統から身を守るのに必死だったのだ。

ヒムラーは小さな丸眼鏡ごしにほかの客たちに目をこらし、なにか食べる時はネズミのように少しずつかじっていた。ヒムラーは全員を観察していたが、とくに総統と話をしている人物に対しては、自分のことを話題にしているにちがいないというような目で見ていた。ゲッベルスはサングラスをかけ、ベランダのデッキチェアにすわって、顔を太陽にむけていた。ペーターの目には、ゲッベルス宣伝相の顔は、骸骨に皮膚だけを貼りつけたように見えた。シュペーア軍需相は、今までにも何度か、戦争終結後のベルリン再開発の計画を携えてベルクホーフに来たことがあったが、世界中のどこへでも行くが、ここにだけはもういたくない、という顔をしていた。場の空気は張りつめ、ペーターがいつ見ても、ヒトラーは今にもかんしゃくを起こしそうに小きざみに体をふるわせていた。

こうしているあいだも、ペーターはずっと、眼下の山肌にきざまれた道から注意をそらさず、約束どおりカタリーナがやってくるのを期待していたが、四時になり、四時がすぎても、カタリーナは現われなかった。ペーターはおろしたての制服を着て、ケンプカの部屋から失敬してきたアフターシェーブローションをつけ、これでカタリーナも感心してくれるだろうと思っていた。

エーファは落ちつかない様子で客の輪から輪へとわたりあるいては、お祝いの言葉やプレゼントを受けとっていたが、いつものように、ペーターのことはほとんど無視していた。ペーターはすでに、わずかなこづかいをためて買った『魔の山』(ドイツの作家、トーマス・マンの小説)をプレゼントしていたが、エーファは「まあ、うれしいわ」と言って、それをサイドテーブルの上においたきり、ほかの客のところへ行ってしまった。たぶん、しばらくしたら、その本はヘルタの手でもちさられ、読まれないまま、図書室の本棚のどこかにしまわれてしまうのだろう。

ペーターが、山を登ってくる道を片目で見ながらパーティー会場を見わたしていると、ひと際目を引いたのは、映画用のカメラを手に歩きまわっている一人の女性だった。その人は、客たちにカメラをむけては、なにかひと言、とたのんでまわっている。どの客も、それまでどんなにさかんにおしゃべりしていても、とたんに意識して、撮影されたくなさそうに顔をそむけたり、手で顔を隠したりした。女性はその合間に、山荘の建物や山の景色も撮っていて、気がつくとペーターは、この人に興味をそそられていた。そのうちに女性は、ゲッベルスとヒムラーの会話に割って入ったのだが、二人はすぐに口をつぐんでひと言もしゃべらず、女性をにらみつけた。しかたなく背をむけてその場をはなれた女性は、少年が一人ぽつんと立たずみ、山裾(やますそ)を見おろしているのに気づいて、ペーターに近づいてきた。

「まさか、飛びおりようなんて考えてないわよね？」

「とんでもありません」ペーターは答えた。「なぜそんなことを考えなきゃならないんですか？」

「冗談よ。扮装(ふんそう)がよく似合ってるわ」

「扮装(ふんそう)じゃありません」ペーターはいらついた口調で言った。「制服です」

「からかっただけよ。で、名前は？」

「ペーターです。あなたは？」

「レニ」

「そいつで、なにをしてるんですか？」ペーターはそう言って、カメラを指さした。

「映画を撮ってるの」

「だれのために？」

「だれでも観たい人が観られる映画よ」

「あちらのどなたかと結婚されているんですよね？」ペーターは将校たちのほうに首をふってみせた。

「まさか。あの人たちは自分以外の人間には無関心だわ」

ペーターは眉をひそめた。「じゃあ、ご主人はどこに？」

「結婚はしてないわ。まさか、あなた、プロポーズしてくれてるの？」

「ちがいます」

「そうよね、わたしには若すぎるわね。いくつ？　十四歳？」

「十五です」ペーターはむっとした口調で答えた。「プロポーズなんてしてません。ただ、言葉どおりの意味できいただけです」

「たまただけどね、わたし、今月、結婚するの」

ペーターはなにも言わずに背をむけて、山の斜面を見おろした。

「下になにかおもしろいものがあるの？」レニはそう言うと、自分も身を乗りだして斜面の下をのぞいた。「だれかを待ってるのかしら？」

「ちがいます。だれを待ってるっていうんですか？　大切なお客様はみなさん、もういらっしゃっています」

「じゃあ、撮影させてくれる？」

ペーターは首を横にふった。「ぼくは兵士です。俳優じゃありません」

「いいえ、今はまだどっちでもないわ。制服を着た男の子ってだけね。でも、ハンサムなのはまちがいないから、スクリーンでは見栄えがするわよ」

ペーターはレニをしげしげと見た。ここでは、こんな口調で話しかけられることはほとんどないので、いい気分ではなかった。この人は、ぼくがどれほどの重要人物かわからないんだろうか？　ペーターは口をひらいて話しはじめようとした時、一台の車がカーブを曲がって坂道を登りきり、こっちへむかって走ってくるのに気づいた。そして、だれが乗っているのかわかって頬をゆるめかけたが、すぐに真顔にもどった。

「あなたがなにを待ってたのか、わかったわ」レニはそう言うと、カメラをかまえ、近づいてくる車を撮影しはじめた。「だれを、と言ったほうがいいかもね」

ペーターはレニの手からカメラをむしりとり、オーバーザルツベルクの山の斜面に投げすててしまいたい衝動にかられたが、ただ、上着をなでつけて制服の乱れがないか確かめ、招待した客人を迎えるために近づいていった。

「ホルツマンさん、こんにちは」ペーターは、町からやってきた二人が車からおりると、そう言って、丁重におじぎをした。「カタリーナ、よく来てくれたね。ようこそベルクホーフへ」

しばらくして、さっきからカタリーナを見かけていないな、と思ったペーターが山荘の中へ入っていくと、カタリーナは壁にならんでいる絵をじっと見ていた。ここまで、午後の時間は気持ちよく流れていったわけではない。ホルツマンさんは懸命にナチスの将校たちとの会話に加わろうとしたが、教養のある人ではなかったし、ご機嫌とりをしているのを将校たちが笑っていることを、ペーターは知っていた。その一方で、総統の存在におびえ、できるだけ近づかないようにしている。ペーターはそんなホルツマンさんに嫌悪感をおぼえた。なぜ、大の大人がパーティーに出て、子どもじみたふるまいしかできないのだろうか?

ここまで、ペーターとカタリーナの会話は、いつも以上にぎごちないものになっていた。カタリーナは楽しいふりをすることさえこばみ、すぐにでも帰りたいと思っているのは明らかだった。総統に紹介された時も、礼儀正しくふるまいはしたものの、ペーターが期待していたような畏敬の念を抱いた様子はまったくなかった。

「なるほど、きみが、われらが若きペーターのガールフレンドかね?」ヒトラーは小さく微笑(ほほえ)みながら、カタリーナを頭のてっぺんから足の先までしげしげと見た。

「もちろん、ちがいます」カタリーナは答えた。「学校で同じクラスにいるというだけです」

「でも、ペーターはあなたに夢中みたいよ」エーファが、からかう気満々で近づいてきた。「まだ女の子になんか、興味さえないと思っていたのに」

「カタリーナはただの友だちです」ペーターは頬を真っ赤に染めて言った。

「友だちでもありません」カタリーナは涼しげな笑みを浮かべて答えた。

「ああ、今はそう言っているが」総統が応じた。「わたしには小さな火花が見えるぞ。いずれ近いうちに燃えあがるだろう。未来のフィッシャー夫人かな？」

カタリーナは答えなかったが、怒りのあまり、今にも爆発しそうな顔をしていた。総統とエーファがその場をはなれると、ペーターは、ベルヒテスガーデンの同級生たちのことを話そうとしたが、カタリーナはほとんど口をきかず、まるで自分の思っていることは、あまりペーターに知られたくないと言わんばかりだった。そして、ペーターが、この戦争では、今までのところどの戦闘が一番好きか、とたずねた時には、カタリーナは、この人は気が狂っているんじゃないか、という目でにらみかえし、こう言った。

「死んだ人の数が一番少なかった戦闘よ」

こんなふうに時間はすぎていき、ペーターがどうにかしてカタリーナを会話に引きこもうとしては、ことごとくはねつけられていた。だが、ペーターは、もしかしたらそれは山荘の外でのやりとりで、まわりにほかの招待客がたくさんいたからかもしれない、と自分に言いきかせた。その後、屋内で二人きりになった時には、これでカタリーナも少しは心をひらいてくれるんじゃないかと期待した。

「楽しんでるかい？」ペーターはたずねた。

「ここに来てる人で、楽しんでる人っているのかしら？」カタリーナは答えた。

ペーターは、さっきからカタリーナが見ている絵を、ちらりと見上げて言った。「きみが絵に興味があるとは知らなかったな」

「ええ、あるわよ」

「じゃあ、きっと、この絵は気に入ったんじゃないか？」

カタリーナは首を横にふった。「ぞっとするわ」そう答えると、ほかの絵にも目を走らせた。「どの絵も同じね。総統ほどの力がある人なら、美術館からもう少しましな絵を選んでもよかったんじゃない？」

ペーターは、カタリーナの言葉にぎょっとして、目を見ひらいた。そして、人差し指を伸ばし、右下すみ、額縁のすぐ内側に書かれている画家のサインを指さした。

「へえ」カタリーナは、一瞬、叱られたような、少し不安げな顔を見せた。「でも、だれが描いたかは関係ないわ。やっぱりひどい絵ね」

ペーターはいきなりカタリーナの腕をつかむと、廊下を歩いて自分の寝室に引きこみ、勢いよくドアをしめた。

「なにするのよ！」カタリーナは腕をふりほどいた。

「きみを守るためだ。ここであんなことを言っちゃだめだってこと、わからないのか？　面倒なことになるぞ」

「だって、あの人が描いた絵だってこと、知らなかったんですもの」カタリーナはそう言って、両手を上げた。

「今はもうわかっただろ。これからは口をつぐんでてくれよ、カタリーナ。しゃべるなら、自分の言ってることがどういうことか、ちゃんとわかってからにしてくれ。それから、ぼくを見下したようなしゃべり方はやめてくれないか。きみを招待したのは、このぼくなんだ。しかも、ここは、ふつうだったら、きみみたいな女の子が入れるような場所じゃない。少しは、敬意をはらったっていいころだろう」

カタリーナはじっとこっちを見ていたが、ペーターは、その目の奥に、しだいにふくらんでいく恐怖を見てとった。カタリーナはその恐怖を必死に抑えているらしい。ペーターには、これが歓迎すべきことかどうかよくわからなかった。「わたしにむかって、そんな口のきき方をしないで」カタリーナは静かな声で言った。

「ごめん」ペーターは答えると、カタリーナに一歩近づいた。「心配だから言っただけなんだ。きみになにかまずいことが起きるのは見たくない」

「わたしのことなんて、知りもしないくせに」

「初めて会ってから、もう何年にもなるじゃないか！」

「なんにもわかってないのね！」

ペーターはため息をついた。「そうかもしれない。でも、それを変えたいんだ。きみさえよければ」

ペーターは手を伸ばし、カタリーナの頬を人差し指でなでた。カタリーナは壁際に一歩下がった。

「きみはとてもきれいだ」ペーターはささやいたが、そんな言葉が自分の口から出たことに驚いていた。

「やめて、ペーター」カタリーナはそう言って、顔をそむけた。

「なぜだい？」ペーターが顔を近づけると、香水の香りにむせかえりそうになった。「ぼくがそうしたいんだ」ペーターは片手でカタリーナの顔を自分にむけ、背をかがめてキスしようとした。

「やめてよ」カタリーナは両手でペーターを押しやった。ペーターはうしろによろけ、驚いた表情を浮かべたまま、椅子に足をとられて床に尻もちをついてしまった。

「どうしたんだ?」ペーターはあっけにとられ、とまどっていた。

「わたしにさわらないで。わかった?」カタリーナはドアをあけたが、すぐには出ていかず、ふりかえって、起きあがろうとするペーターを見て言った。「なにがあっても、わたしは絶対にあなたとキスしたいとは思わないから!」

ペーターは信じられず、首をふった。「でも、それがどんなに名誉なことかわからないのか? ぼくがどれほどえらいか、知らないのかい?」

「もちろん、知ってるわ。革の半ズボンをはいて、総統閣下の万年筆のインクを買いにくる男の子ですものね。大切なお客さんだってことがわからないわけないでしょ?」

「それだけじゃないだろう」ペーターは歯をむいて言うと、立ちあがり、つかつかと歩みよった。「少しはぼくにやさしくしてくれたっていいんじゃないか」ペーターがまた手を伸ばすと、今度は、カタリーナがペーターの頰に平手打ちを食らわせたので、その拍子に指輪が肌に食いこみ、血が一滴にじんだ。ペーターは悲鳴をあげて頰を押さえ、怒りをたたえた目でカタリーナをにらむと、再び近づき、今度はカタリーナを壁に押しつけて動けないようにした。

「何様だと思ってるんだ」ペーターはそう言うと、鼻が着きそうになるくらい顔をよせた。「断われると思ってるのか? ドイツ中のほとんどの女の子が、今のきみの立場がうらやましくてしかたないはずだぞ」

　ペーターはキスしようとして、もう一度顔を近づけたが、今度は体をぴたりと押しつけたので、カタリーナは身を引くことができなかった。もがいて押しかえそうとしても、力ではかなわない。ペーターの左手が体をまさぐり、ドレスの中に入ってきたが、助けを求めて叫ぼうとしても、右手で口をふさがれて声が出せなかった。ペーターは、力に負けてカタリーナの抵抗が弱まるのを感じ、もう少しでさからう力もなくなるとわかった。そうすれば、好きなようにできる。頭の中で、やめろ、とささやく声が聞こえた。一方で、別のもっと大きな声が、欲しいものを手に入れろ、と言っている。

　ペーターは、いきなり強い力で殴りたおされ、なにが起きているのかわからないうちに、気がつくとうつぶせに倒れ、背中の上に乗っただれかの手で、肉切り包丁の鋭い刃を喉に押しあてられていた。つばを飲みこもうとしたが、肌にふれる刃の感触に、喉をかき切られるんじゃないかと思うと動けなかった。

「このかわいそうな女の子に、もう一度、指一本でもふれてごらん」エマのささやき声が聞こえてきた。「おまえの喉を、右の耳から左の耳まで切り裂いてやるからね。そのあと、あたしの身になにが起きようと、かまいやしない。わかったかい、ペーター?」ペーターはなにも言わず、ただ、視線をせわしなくエマとカタリーナのあいだで行き来させるだけだった。「わかった、とお言い。今すぐ言わないと、本当に——」

「ああ、わかったよ」ペーターはかすれ声で言った。すると、エマは立ちあがったが、ペーターはそのままそこに寝そべって喉をさすり、指に血がついていないか確かめた。ちらりとエマを見あげるペーターの目は、恥をかかされたうらみでいっぱいだった。「とんでもないまちがいをしたな、エマ」ペーターは低い声で言った。

「そうなんだろうねえ。でも、かわいそうなおまえのおばさんが、おまえをここに引きとることを決めた日にしでかしたほどのまちがいじゃないよ」エマは一瞬、表情をゆるめ、じっとペーターの顔を見おろした。「どうしちゃったんだい、ピエロ？　ここへ来た時は、あんなにやさしい子だったじゃないか。無垢(むく)な魂は、こんなにもたやすく汚れてしまうものなのかい？」

ペーターは答えなかった。エマをののしりたかったし、カタリーナにも怒りをぶつけたかったが、見つめてくるエマの目が、そして、あわれみと軽蔑の入りまじったその表情が、かつての自分をいくらか心によみがえらせた。見ると、カタリーナはしくしく泣いている。ペーターは目をそむけ、二人とも、ぼくを放っておいてくれ、と強く思った。もうこれ以上、見られたくない……。

二人の足音が廊下を遠ざかり、カタリーナが父親に、そろそろ帰ろうと告げるのを聞いて、ペーターはやっと立ちあがった。だが、この時はパーティー会場にもどらず、ドアをしめ、かすかにふるえながらベッドに身を横たえた。そして、なぜかよくわからぬまま、涙を流しはじめた。

第13章　闇と光

建物の中は、がらんとして静まりかえっていた。

外では、オーバーザルツベルクの山々をおおう木々がいっせいに芽吹いている。ペーターは、かつてブロンディのものだったボールを、右手から左手へ、そしてまた右手へと無造作に投げながら敷地内を歩いていた。山の上はこんなにも静まりかえっているというのに、下界は六年近くものあいだ、またも破滅的な戦争によって引き裂かれ、ふみにじられてきたあげく、今は断末魔の苦しみのさなかにあった。

ペーターは二か月ほど前に十六歳になり、ヒトラーユーゲントの制服を灰緑色の二等兵の軍服に変えていたが、どこかの部隊に配属してほしいと総統に願いでるたびに、そんな瑣末（さまつ）な配属命令を出しているひまなどないと一蹴された。ペーターは、もはや今まで生きてきた年月の半分以上をベルクホーフですごしていて、幼いころにパリで顔なじみだった人たちのことを考えようとしても、名前や顔を思いだすのもひと苦労だった。

ペーターはこれまでも、ヨーロッパ中のユダヤ人の身に起きていることについて様々なうわさ話を聞いていたが、今になってようやく、自分がここで暮らしはじめた時、なぜベアトリクスおばさんが、アンシェルの話はするなと強く言ったのか理解した。アンシェルは生きているんだろうか、それとも死んでしまったのか？　アンシェルのお母さんは息子をつれて、もっと安全な土地へ逃げおおせただろうか？　ダルタニャンはつれていってもらえたのか？

飼い犬のことを思いだしたペーターは、思わずボールを山裾（やますそ）にむかって投げた。ボールは空にむかって高く上がり、その後、少しはなれた木立の中に吸いこまれていった。

木々のあいだを縫うように続く道を見おろすと、初めてここへ来た夜のことが思いだされた。怖くて心細かったが、ベアトリクスとエルンストからは、新しい家となる山荘までの車中、ここへ来れば安全で楽しい日々が送れるから、と何度も言われた。ペーターは思わず目をつむり、頭をふった。まるでそうすれば、あの二人の身に起きたことや、自分が二人を裏切ったいきさつが忘れられるとでもいうように。だが、それはそう簡単ではないことがわかりはじめていた。

あの二人だけではない。コックのエマは、ペーターがベルクホーフに来てからの最初の数年間、いつもやさしく接してくれていたのに、エーファ・ブラウンの誕生日パーティーの日にエマから受けた屈辱を、ペーターは見すごすことができなかった。そして、あの時エマがしたことを総統に話し、あの午後の出来事での自分の役まわりをやや控えめに説明し、エマを裏切り者と思わせるように彼女の言ったことを誇張すると、翌日、エマは荷物をまとめるのもそこそこに、兵士たちに連行されていった。どこへつれていかれたのかは知らない。車にむかって引かれていく時、エマはすでに涙を流していて、最後に見たのは、走りさる車の後部座席で、両手で頭をかかえている姿だった。アンゲはその後まもなく自分からやめていき、残ったのはヘルタだけだった。

カタリーナの一家もベルヒテスガーデンを出ていかなくてはならなくなり、父親のホルツマンさんが長年にわたって営んできた文房具店は閉店し、売りに出された。ペーターは、ある日町へ行き、店の前まで行って初めてそのことを知った。ショーウィンドウは板でふさがれ、入口のドアには、もうすぐ食料品店になると書かれた紙が貼られていた。一家になにがあったのか、となりの店の女店主にたずねてみると、その女性は目になんの恐れの色も浮かべずにペーターを見て、頭をふった。

「あんた、あの上に住んでる男の子だよね?」店主はそう言いながら、山にむかってあごをしゃくった。

「はい、そうです」ペーターは答えた。

「なら、一家が出ていったのはあんたのせいさ」

ペーターは恥じいって言葉をなくし、だまってその場をはなれた。じつは、胸の中は後悔でいっぱいだったが、それを打ちあけられる相手がいなかったのだ。気持ちを傷つけてしまったが、カタリーナには言い分を聞いてもらいたかったし、あやまらせてほしいとも思っていた。そして、もしそうさせてくれるのなら、今までの人生を、自分がしてきたことや見てきたことをしゃべらせてほしかった。そうすれば、どうにかゆるしてもらえるかもしれないと期待していたのだ。

だが、今はもう、それさえもできなくなってしまった。

二か月前、最後にベルクホーフに滞在していた時の総統は、かつての総統の影のようにしか見えなかった。みなぎる自信や統率力、自らの宿命と祖国の未来への絶対的信念は消えうせていた。かわりに被害妄想と怒りに捕われ、身をふるわせ、なにごとかつぶやきながら廊下を歩きまわり、わずかな物音にも怒りを爆発させた。ある時は執務室にあるものをほとんどたたきこわし、またある時は、なにか用事はないかと伺いを立てにきたペーターを、手の甲で殴ったこともあった。深夜まで起きていて、ぶつぶつとひとりごとを言い、部下の将軍たちをののしり、イギリス人やアメリカ人どもをののしり、今の劣勢を招いたと思われる人々をすべてののしった。つまり、自分以外のすべての人を。

二人のあいだに別れの挨拶はなかった。ある朝、親衛隊将校の一団がやってきて、総統とともに執務室に鍵をかけてこもり、長時間話しあっていたが、やがてどなりちらしながら出てきた総統は、ずんずん歩いて外に出ると、専用車の後部座席に飛びこみ、運転手のケンプカにむかって、車を出せ、どこへでもいいからつれていけ、この山荘へは二度と来ない、とわめいたのだった。エーファは総統を追い、車寄せから出ていく車のうしろを走るはめになった。ペーターが最後に見たエーファは、専用車のすぐあとを、腕をふり、叫びながら山を駆けおりていくうしろ姿で、風になびく青いドレスが下りカーブを曲がって消えていった。

その後すぐに警備の兵士たちがいなくなり、残ったのはヘルタだけになったが、ある朝ペーターは、そのヘルタもかばんに荷物をつめているところに出くわした。

「どこへ行くんだ？」ペーターはヘルタの部屋の戸口に立っていた。ヘルタはふりかえってペーターを見ると、肩をすくめた。

「ウィーンに帰ろうと思って。あの町にはまだ母さんがいるしね。そう、いるはずよ。もちろん、汽車が走ってるかどうかわからないけど、どうにかするわ」

「お母さんになにをしゃべる気だ？」

「別に、なにも。この山荘のことを人に話すつもりはないわよ。ペーター、あんたもそうしたほうがいい。すぐにここを出なさい。兵隊たちがやってくる前にね。あんたはまだ若い。自分がしでかした恐ろしいことを人に知られる必要はないんだから。わたしたちみんながしでかしたことを……」

ペーターは、ヘルタの言葉に胸を撃ちぬかれた気がした。そしてヘルタが、ペーターだけでなく自分の非も認めた時に浮かべたゆるぎない表情が、にわかには信じられなかった。ペーターは、横を通りすぎようとするヘルタの腕をつかみ、九年前、初めて会った時は、裸で浴槽に入るのが恥ずかしくてたまらなかったことを思いだしながら、ささやくような小声で言った。

「ヘルタ、ゆるしてもらえるだろうか？　新聞には……ほら、もう、いろいろ書いてあるだろ……ぼくはゆるしてもらえるだろうか？」

　ヘルタは、ペーターの手をそっと肘（ひじ）から引きはがし、言った。「この山の上で立てられたいろいろな計画を、わたしが知らなかったとでも思ってるの？　総統の部屋で話しあわれていたことを知らなかったとでも？　ここにいた人間は、だれ一人としてゆるされはしないんだ」

「でも、ぼくはまだほんの子どもだったんだ」ペーターはおがむように言った。「なにも知らなかったんだ。わかってなかったんだよ」

　ヘルタは首を横にふり、両手でペーターの頬をはさむと、「わたしの目を見てごらん」と言った。「ほら、こっちを見て」ペーターは目に涙を浮かべて顔を上げた。「ここでなにが起きていたか知らないふりなんて、絶対にするんじゃないよ。あんたには目もあるし耳もある。しかも、何度もあの部屋にいて議事録までとってたじゃないか。全部聞いたんだよ。全部見たんだ。全部知ってたんだ。しかも、自分のしでかしたこともちゃんとわかってる」ヘルタはためらったが、言わずにはいられなかった。「あの二人が死んだことで気がとがめてもいるだろう。でも、あんたは若い。まだ十六なんだから。関わった罪と折りあいをつけていく時間は、この先たっぷりある。でも、自分にむかって、ぼくは知らなかった、とは絶対に言っちゃいけない」ヘルタはようやくペーターの頰から手をはなした。「それ以上に重い罪はないんだから」

ヘルタはスーツケースをもち、戸口にむかった。木立をぬけて射してくる明るい日の光が、ヘルタの姿を額縁の中の絵のように浮かびあがらせた。

「どうやっておりていくの?」ペーターはその背中にむかって声をかけた。ヘルタが出ていけば、自分一人になってしまう。「ほかにだれもいないじゃないか。もう、車もないし」

「歩いていくよ」ヘルタはそう言って前をむき、視界から消えていった。

新聞はあいかわらず配達され、地元の商店は、万一、総統がもどってきた時に不興を買うことを恐れて御用聞きをやめなかった。この戦争はまだ勝てるかもしれないと思っている人たちもいた。だが、やがて顔を上げて現実を見ようとする人たちが現われた。ペーターが街で聞いたうわさでは、総統は、エーファやナチスの主要メンバーとともにベルリンの秘密地下壕(ごう)に移り、復活を画策しているとのことだった。それも、勝利をめざす計画を立て、以前より強大な力をふるう道をさぐっているらしい。この話についてもまた、信じる人と信じない人がいたが、あいかわらず新聞は配達されていた。

ベルヒテスガーデンに残っていた最後の兵士たちが撤退の準備をしているのを見たペーターは、近づいていって、ぼくはどうすれば……どこへ行けばいいんでしょう、とたずねた。

「おまえは軍服を着てるじゃないか、え？」兵士の一人が、ペーターを上から下まで見ながら言った。「こういう時こそ、そいつを役に立てろよ」

「ペーターは戦わないんだ」横にいた将校が言った。「軍服を着るのが好きなだけなのさ」

これを聞いた兵士たちは笑いはじめた。その後、兵士たちを乗せた車が遠ざかっていくのを見て、ペーターは屈辱にとどめが刺された気がした。

そして今、幼いころ、半ズボン姿でオーバーザルツベルクの山につれてこられた少年は、これが最後となる山荘への坂道を登りはじめた。

ペーターは次になにをしたらいいかわからず、山荘にとどまった。新聞を読み、連合軍がドイツ中心部にまで達したことを知って、敵軍は自分を捕えるためにここへやってくるだろうか、と考えた。月が変わる数日前、飛行機が一機——イギリスのランカスター爆撃機だったが——上空を飛び、オーバーザルツベルクの山の斜面に爆弾を二発落としていった。ベルクホーフ山荘はあやういところで直撃をまぬかれたものの、飛びちった瓦礫(がれき)で窓ガラスの大半が粉々に割れた。ペーターは屋内にいて、総統の執務室にずっと隠れていたが、部屋の窓ガラスがすべて砕けちり、無数の破片が顔にむかって飛んできたので、あわてて床に伏せ、恐怖のあまり悲鳴をあげた。やがて飛行機の爆音が聞こえなくなり、ようやく危険が去ったと感じたペーターは、立ちあがって洗面所へ行った。すると鏡の中から血まみれの顔がこちらを見返していた。それから夕方までかかって顔に刺さったガラスの破片をできるだけとりのぞいたが、あとで傷が残るんじゃないかと心配だった。

五月二日に最後の新聞が配達され、その一面の見出しが知りたいことをすべて語っていた。総統は死んだ。あの骸骨のような顔をした恐ろしい宣伝相ゲッベルスも、妻と子どもらとともに死を選んでいた。エーファは青酸カリのカプセルをかみ、ヒトラーは銃で自分の頭を撃ちぬいていた。最悪なのは、青酸カリを使う前に、それでほんとうに死ねるかどうか確かめる必要があると総統が考えたことだ。エーファが苦しみもだえている時に敵兵に捕まってしまうことは絶対にさけなければならない。総統は、エーファが苦しまずに死ぬことを望んだのだった。

そこで、まずブロンディにカプセルを飲ませた。効果はすみやかで確かだった。

ペーターは記事を読んでも、ほとんどなにも感じなかった。ベルクホーフ山荘の外に出て、周囲の風景を見わたしてみる。まずベルヒテスガーデンの方角に、次にミュンヘンの方角に目をやり、初めてヒトラーユーゲントの隊員たちと出会った列車の旅を思いだした。そして最後に、パリの方角に目をむけた。自分が生まれた町であり、また、人に認められるために縁を切ったといってもいい町だ。だが、自分はもうフランス人ではない。ドイツ人でもない。何者でもない。家も家族ももたず、また、もつ資格もない。

ここでずっと暮らしていけないだろうか。隠者のように山腹にひそみ、森で見つかるものを食べて生きていくのだ。もしかしたら、人にはもう二度と会わずにすむかもしれない。下界では、みんな好きなようにやればいい。勝手に争い、戦争をし、銃を撃ち、殺しあうのにまかせておけば、こっちのことは、このまま放っておいてくれるかもしれない。そうすれば二度と口をきかなくてよくなる。自分がだれなのかを説明する必要もない。目の奥をのぞきこまれ、今までしてきたことを見破られて、どんな人間になってしまったのかを悟られることもない。

なかなかいい考えだ、と、その午後のひとときには思えた。

そして、兵士たちがやってきた。


五月四日の夕刻のこと、ペーターは玄関前の私道で砂利を拾っては、立てた空き缶めがけて投げていた。すると、オーバーザルツベルクの静寂をついて、山裾(やますそ)から聞こえる低い音が徐々に大きくなり、ペーターの立っている山頂まで届くようになった。音がさらに大きくなったので、山の斜面を見おろしてみると、ドイツ軍ではなく、アメリカ軍の軍服を着た兵士たちの一隊が坂道を登ってきていた。ぼくを捕まえにくるんだ……。

ペーターは森へ逃げこむことも考えたが、逃げてもむだだし、そもそも、逃げていく先がなかった。どうしようもない。ペーターは兵士たちがやってくるのを待つことにした。

屋内にもどり、居間ですわっていたが、兵士たちが近づいてくると不安に思いはじめ、廊下に出て隠れる場所をさがした。廊下の隅に小さな物入れがあり、どうにか入れるくらいの大きさしかなかったが、ペーターは中に入り、内側から戸をしめた。頭のすぐ上に短い紐がさがっていて、引くと電球が灯り、物入れの中を照らした。目に入ってきたのは使いふるしのタオルとちりとりだけだったが、なにか背中に当たるものがあったので、手をうしろに回してさぐってみた。つかんで前に引きだすと、本だとわかり驚いた。なぜこんなところに投げこまれていたのだろう。表に返して題名を確かめると、それは『エーミールと探偵たち』だった。ペーターはもう一度紐を引き、闇の中で息をひそめた。

建物の中に声が響きはじめ、靴音で兵士たちが部屋に入っていくのがわかった。外国語で声をかけあい、部屋をのぞきこんでは、笑ったり、歓声をあげたりしている。ペーターの部屋、総統の部屋、女中たちの部屋。そして、ベアトリクスおばさんが使っていた部屋にも……。酒びんの蓋をあけたり、コルク栓をぬいたりする音が聞こえてくる。その後、二人分の靴音が廊下を近づいてきた。

「なにが入ってるのかな?」兵士の一人がアメリカなまりの英語で言うのが聞こえると、内側から引っぱってとじておく間もなく、物入れの戸が勢いよくひらき、一気に光が入ってきて、ペーターは思わず目をつむった。

　兵士たちが叫び、撃鉄を起こす音がしたかと思うと、ペーターは銃を突きつけられていた。ペーターも悲鳴をあげると、あっという間に兵士たちが五人、十人、そして全員が集まり、暗がりの中に隠れていた少年に銃口をむけた。

「撃たないで！」ペーターは叫ぶと、体を丸めて両手で頭をかかえ、この身がどんどん小さくなり、そのまま消えて無になればいいのにと願った。「お願いです、撃たないで……」

　そして、それ以上なにか言う間もなく、いくつもの手が暗がりの中に伸びてきて、ペーターは光の中に引きずりだされた。

エピローグ
EPILOGUE

第14章　家のない少年

ペーターは、何年ものあいだ、オーバーザルツベルクの頂で隔離されたような暮らしを送っていたので、捕らえられてすぐにつれていかれた、レーマーゲン近郊のゴールデンマイル収容所での生活になれるのには苦労した。着いてすぐ言われたのは、すでに戦争は公式に終わっているので、おまえは戦争捕虜ではなく、「武装解除された敵国軍人」という分類にあたる、ということだった。

「なにがちがうんだ？」同じ列で近くにならんでいた男がたずねた。

「つまり、おれたちにはジュネーヴ条約（武力紛争時の傷病者、捕虜、文民の保護に関する国際条約）を守る必要がない、ってことさ」アメリカ軍の歩哨（ほしょう）の一人が答え、地面につばを吐き、上着のポケットからタバコの箱をとりだした。「だから、ここじゃあ、ただで飯が食えると思うなよ、ドイツっぽ」

ペーターは、捕らえられた二十五万人のドイツ兵の一人として収容されたが、門をくぐる時、だれとも口をきかず、子ども時代の記憶をさぐり、おぼえていたわずかな手話だけを使って、耳が聞こえず、言葉も話せないふりをすることにした。この芝居はうまく行き、まもなく話しかけてくる者はおろか、目をむける者さえいなくなった。まるでペーターという人間が存在していないかのようで、それこそ、まさに望んでいたことだった。

収容所でペーターがいた区画には千人を超える男たちがいて、依然、名目上の権限をもつドイツ国防軍の将校から、ペーターよりさらに年下のヒトラーユーゲントの隊員たちまでいた。もっとも、とくに年齢が低く見えるユーゲントたちは、数日のうちに釈放された。ペーターが寝起きしていた粗末な宿舎には、二百名を超える男たちが割りあてられていたが、ベッドは四人にひとつしかなかったので、夜は壁際の床の上に空いている場所を見つけ、丸めた上着を枕代わりに、二、三時間眠れればいい方だった。

ドイツ兵たちのうち、とくに将校たちは戦時中の活動を調べるために尋問され、また、ペーターはベルクホーフで捕まったので、そこでなにをしていたのかと何度もきかれたが、耳が不自由なふりをしつづけ、わたされた便箋には、どういう事情でパリをはなれておばさんの世話になることになったのか、事実を書いた。収容所側は尋問者を変え、つじつまの合わないところを見つけようとしたが、ペーターはいつもほんとうのことを書いたので、あやしいところは見つからなかった。

「で、おばさんは？」ときいてきた尋問者がいた。「おばさんはどうした？　おまえが見つかった時、ベルクホーフにいなかったじゃないか」

ペーターは便箋の上にペンをかざし、手がふるえようとするのを懸命にこらえた。そして、死にました、とやっと書いたが、便箋をさしだす時には相手の目を見られなかった。

ときおり、けんかが起きた。敗戦に憤っている者もいれば、冷静に受けとめている者もいた。ある晩、いつもグレーの略帽をかぶっているので空軍にいたことがペーターにもわかる男が、公然とナチ党の批判を始め、歯に衣着せずに総統をこきおろした。すると、国防軍の将校がつかつかと歩みより、手袋で男の頬をたたいて裏切者と呼び、お前のようなやつがいるから負けたんだ、と言った。それから十分間、二人は床の上をころげまわり、殴る蹴るの大げんかになったが、ほかの男たちは暴力に興奮し、まわりをとりかこんではやしたてた。こういう出来事しか、ゴールデンマイル収容所での退屈な日々の気晴らしになるものがなかったからだ。結局、国防軍の将校が負け、その後も宿舎内を二分するきっかけとなったのだが、二人とも重いけがを負い、翌朝には姿が見えなくなっていて、その後、ペーターは二人のどちらとも会うことはなかった。

ある日の午後、厨房の近くに立っている時、見張りの兵士がいないことに気づいたペーターは、忍びこんでパンをひとつ盗むと、シャツの懐に隠して宿舎にもちかえり、日中、それを少しずつかじっていた。思いがけない贈り物にペーターの胃は喜び、グルグルと音をたてた。ところが、まだ半分しか食べていないところで、少し年上の中尉が、ペーターがなにをしているのか気づき、近づいてきてパンをとりあげようとした。ペーターは抵抗したが力ではかなわず、最後にはあきらめて、相手のほうが強いことを悟った檻の中の獣のように、いつもの隅に引っこみ、なにも考えまいとした。無こそ、ペーターが望む心境だった。無と記憶喪失こそ。

ときどき、英字新聞が宿舎から宿舎へと回覧されることがあり、英語が読める者がドイツ語に直し、集まった男たちに、降伏以降、自分たちの国でなにが起きているのか話してきかせた。ペーターは、アルベルト・シュペーア軍需相が懲役刑になった経緯を聞いた。また、エーファの誕生日パーティーの時、ベルクホーフのテラスでペーターを映写機で撮影した女性、レニ・リーフェンシュタールは、ナチ党がしていることはなにも知らなかったと主張したものの、何度かフランス軍やアメリカ軍管轄の捕虜収容所に収監されていた。かつてマンハイム駅でピエロの手を踏み、その後、片腕を吊ってベルクホーフにやってきて、死の収容所のひとつをまかされることになった中佐は、連合軍に捕らえられ、異議も唱えず連行されていた。いわゆる「開発区域」に建設された収容所を設計した人物、カール・ビショフについての記事はなかったが、各地の収容所、たとえば、アウシュヴィッツやベルゲン・ベルゼン、ダッハウ、ブーヘンヴァルトやラーフェンスブリュック、もっとも東方ではクロアチアのヤセノヴァツ、北ではノルウェーのブレットヴェト、南ではセルビアのサイミステにある収容所の門があけられた時の様子を知った。そして、収容所内で親や兄弟姉妹、子どもやそのほかの親族を亡くして生きのこった人たちが釈放され、壊滅状態の故郷に帰っていった話も聞いた。ペーターはまた、収容所内で行なわれていたことの詳細が書かれた記事が紹介されると、熱心に耳を傾け、自分がいかに残酷なことに手を貸していたのかを理解し、茫然とするばかりだった。眠れない夜も多かったが、そういう時は横になったまま天井を見つめ、自分にも責任がある、と思った。

そして、ある朝、ペーターは釈放された。五百人あまりの男たちが宿舎の前に集められ、家族のもとへ帰ってよい、と告げられたのだ。男たちは驚いた顔をして、まるでこれがなにかの罠ではないかと疑っているように、おそるおそる門にむかって歩いていった。そして、収容所から出て二、三キロ行ったところで、あとをつけられていないことを確かめ、ようやく肩の力をぬき、顔を見あわせて、長年の軍隊暮らしからいきなり解放されたことにとまどった。さあ、どうしよう、と。

ペーターはその後の数年間を、ほとんど旅をしてすごし、戦争が人々の表情や町の代表的な建造物に残した爪跡を見てまわった。レーマーゲンから北へむかい、ケルンでは、イギリス空軍の爆撃によってめちゃめちゃにされた市街地を目のあたりにした。どっちを見ても建物は半ばくずれ、通りはふさがれていたが、ドームクロスター地区の中心にある大聖堂は、爆弾をいくつも受けたにもかかわらず今も建っていた。ペーターはケルンから西へむかい、アントワープの活気あふれる港近くの造船所でしばらく働き、夜はスケルデ川を見おろす屋根裏部屋で眠った。

友だちが一人できたが、これはペーターにしてはめずらしいことだった。ほかの労働者たちは、ペーターを人づきあいの悪いやつだと思いこんでいたが、友だちになった同い年のダニエルという名の若者には、どこかペーターに似た孤独の陰があった。ほかの連中がみな上半身裸でいるような暑い時でも、ダニエルはいつも長袖シャツを着ていたので、まわりからは、そんな恥ずかしがり屋じゃ、一生、女の子とつきあえないぞ、とからかわれた。

ときおり、二人で夕食を食べたり、酒を飲みにいったりしたが、ダニエルは決して自分の戦時中の体験を語らず、それはペーターも同じだった。

一度、夜もふけて酒場にいる時、ダニエルが、今日は両親の三十回目の結婚記念日になるはずだった、と言った。

「はずだった?」ペーターはたずねた。

「二人とも死んでしまったからな」ダニエルは声を落とした。

「そうか……」

「妹たちも」ダニエルは打ちあけると、二人のあいだにあるテーブルの一点を、見えない跡でも消すように指でこすった。「弟も」

ペーターはなにも言わなかったが、すぐに、なぜダニエルが、いつも長袖のシャツを着ているのか、そして、そのシャツをぬごうとしないのか悟った。袖に隠された腕には、強制収容所できざまれた数字が残っているのだ。そしてダニエルは、ただでさえ家族たちの身に起きた出来事の記憶をかかえて苦しい毎日を送っているのに、自分の腕を見おろすたびに、死ぬまでその記憶に悩まされるのだろう。

翌日、ペーターは雇い主あての手紙を書いて造船所をやめ、別れの挨拶もせずにまた旅に出た。

そして列車に乗って北へむかい、アムステルダムで六年暮らした。そこでまったく別の職業につく決心をしたペーターは、教師になるための教育を受け、鉄道の駅に近い学校に職を得た。だが決して自分の過去を語らず、職場以外ではほとんど友人を作らず、自由になる時間の大半を部屋で一人ですごした。

ある日曜日の午後、ウェステルパルク地区をぶらぶら歩いている時、木の下でバイオリンを弾いている男がいたので、立ちどまって耳を傾けていると、思いはパリで暮らした子ども時代にもどっていった。父親と二人でチュイルリー庭園を訪れていた屈託のない日々を思いだしたのだ。演奏者が手を止めて弓に松脂（まつやに）を塗りはじめた時、まわりにできていた人の輪から若い女性が歩みでて、逆さにおいてあった帽子の中に硬貨をいくつか投げいれた。むきなおった女性と目が合った時、ペーターは胃が縮みあがった。もう何年も会っていなかったのに、だれだかすぐわかったし、明らかに、女性のほうもペーターだと気づいたようだった。最後に会った時、彼女はベルクホーフのペーターの部屋から涙を浮かべて走りでていったのだ。ペーターに引っぱられたブラウスの肩のあたりが破れていたっけ。その後、ペーターはエマに殴られ、床に倒れてしまった。若い女性は今、目になんの恐れも浮かべずに歩みよってきて、ペーターの前に立った。ともにすごした若いころの彼女よりずっと美しかった。彼女は視線をそらさず、言葉などいらないと言わんばかりに、ただじっとペーターを見つめていた。そして、とうとうペーターはその視線に耐えきれず、恥ずかしくなって地面に目を落とした。そのまま歩みさってくれればよかったのだが、女性はそうはせず、そのままそこに立っていた。そしてペーターが思いきって顔を上げると、彼女は、こちらがそのまま消えてしまいたいと思わせるような表情を浮かべていた。ペーターはひと言も言わずに踵を返し、家にむかって歩きだした。

その週が終わる前に、ペーターは学校に辞表を出した。長いあいだ先延ばしにしていた時がとうとうやってきたことを悟ったのだ。

生まれた町に帰る時が来た。

フランスにもどったペーターがまず訪れたのは、オルレアンの孤児院だったが、行ってみると、もはややもとの姿ではなかった。占領中はドイツ軍に接収されて作戦本部になっていたので、子どもたちはここを出て散りぢりになっていた。終戦が近いことがはっきりすると、ドイツ軍は撤退する前に建物の一部を破壊していったのだが、頑丈な壁の一部が今も残っていた。建てなおすには多額の費用がかかるだろうから、かつては家族を失った子どもたちの避難所だったこの場所を、再建しようと名乗りでる者はなかなかいないのだろう。

ペーターは、デュラン姉妹に初めて会った部屋に入り、姉妹の弟がもらったメダルが飾ってあるガラス製の飾り棚をさがしたが、飾り棚も、そして姉妹の姿もなかった。

だが、戦時中の記録を保管してある役所で調べてみると、孤児院にいる時にペーターをいじめていたユゴーが、死んで英雄あつかいされていることがわかった。まだ十代の少年だったユゴーは、占領ドイツ軍に対する抵抗運動に加わり、いくつかの危険な任務にたずさわって多くの同胞の命を救ったものの、その後、ドイツのある将軍が、ユゴー自身が育った孤児院を接収して作った作戦本部を訪れた当日、近くで爆弾をしかけているところを捕らえられてしまったのだ。記録によれば、ユゴーは壁の前に立たされ、ドイツ兵たちに銃口をむけられても、目隠しを拒み、倒れる時まで手を下した者たちをその目でしかと見ることを望んだのだそうだ。

ジョゼットについてはなんの手がかりも見つからなかった。戦時中、行方不明になった子どもはたくさんいて、消息を知る手立てはないことを知った。

その後、ついにパリにもどってきたペーターは、その日の夜にライプツィヒに住む一人の女性あてに手紙を書いた。その中で、自分がまだ子どもだったあるクリスマスイブの日にとった行動をくわしく記し、許してもらおうなどと思ってはいけないことはわかっているが、これからも決して後悔の念を絶やさないことを知ってほしい、と書いた。

ペーターのもとに、エルンストの姉から、短いがていねいな返書がとどいた。手紙には、弟がアドルフ・ヒトラーのような偉大な人の運転手になった時は、それは誇りに思ったし、総統を暗殺しようとした弟の行動は、一族のりっぱな歴史に汚点を残したと思っている、と書いてあった。

さらに、「あなたの行ないは、愛国心のある者ならだれでもしていたことでしょう」とあったので、ペーターはこれを読んでとても驚き、時は流れても、まったく考えを変えない人もいることを思い知ったのだった。

数週間たったある日の午後、モンマルトル地区をぶらぶらと歩いている時、一軒の書店の前にさしかかったペーターは、足を止めてショーウィンドウの中をのぞいてみた。もう何年も小説を読んでいなかったが——最後に読んだのは『エーミールと探偵たち』だ——、なぜか目にとまった本があったので、思わず店の中に入り、ブックスタンドからその本をとって引っくりかえし、裏表紙にある作者の写真を見た。

小説の作者はアンシェル・ブロンシュタイン。子どものころ、アパートの下の部屋に住んでいた、あのアンシェルだった。そうだ、あいつの夢は作家になることだった。どうやら、その夢はかなったらしい。

ペーターはその本を買いもとめ、二晩かけて読むと、出版社を訪ね、自分は昔、この作家の友人だった者だが、連絡先を教えてくれないか、とたのんだ。すると出版社の社員は、アンシェルの住所を教えてくれ、ブロンシュタインさんは、毎日、午後、自宅で執筆しているので、たぶん在宅しているでしょう、と言った。

教えられたアパートは、それほど遠くにあるわけではなかったが、どういう応対をされるだろうかと思うと、ペーターの足どりは重かった。果たしてアンシェルは、ペーターがこれまでどんな人生を送ってきたか、話を聞いてくれるだろうか？　そして、それを受けいれてくれるだろうか？　その保証はないが、やってみなければならないことだけはわかっていた。アンシェルの手紙に返事を出すのをやめ、ぼくらはもう友だちじゃない、手紙は書いてくるな、と伝えたのは自分なのだから。ペーターは、ドアをノックしながら、アンシェルはぼくのことをおぼえていないかもしれない、とさえ思っていた。

だが、もちろん、すぐに彼だとわかった。

いつもは、仕事中の来客をわたしは歓迎しない。小説を書くのはたやすいことではないのだ。時間と忍耐が必要で、一瞬でもほかのなにかに気をとられると、丸一日かけた仕事がすべて台無しになってしまうことだってある。しかも、その日の午後は、ちょうど大事な場面を書いているところで、じゃまが入ったことに腹がたったが、戸口に立ち、かすかに身をふるわせてこちらを見ている男の顔が目に入ったとたん、すぐにだれなのかわかった。歳月は流れ、しかもその間、二人とも楽な暮らしを送っていたわけではないが、どこで出会ったとしても、わたしは彼だとわかっただろう。

〈ピエロ〉と、手話で犬を表わす指の動きをしてみせる。わたしは少年のころ、彼のことを、やさしくて人を裏切らない「犬」の印で表わしていた。

〈アンシェル〉と、彼は指を動かし、「キツネ」の印で応じた。

わたしたちはしばらく見つめあっていたが、それはずいぶん長い時間に感じられた。それから、わたしは一歩下がり、ドアを大きくあけて彼を中に招きいれた。ピエロは書斎でわたしとむきあってすわると、壁にかかっている写真を見まわした。わたしの母の写真がある。兵士たちが来て、同じ通りに住んでいたユダヤ人を根こそぎ連行していった時、わたしは母からはなれて一人、身を隠したのだった。最後に見た母は、大勢の隣人たちとともに一台のトラックに押しこまれるところだった。彼の犬でもあり、わたしの犬でもあったダルタニャンの写真。ダルタニャンは、母を連行しようとするナチス兵の一人にかみつこうとして、その勇気ゆえに撃ち殺されてしまった。わたしを引きとってくれた家族の写真。彼らはひどく面倒なことになったのに、わたしを自分たちの子どもだと言いはり、身分を隠して育ててくれた。

ピエロは長いあいだだまりこんでいたが、わたしは、彼が話す気になるまで待つことにした。やがてようやく、彼は、聞いてほしい物語がある、と言った。わたしは彼の手の動きを追った。そしてそれは、心に愛情と慎みをもっていた少年が、権力によって堕落していく物語だ、と。死ぬまでかかえていかなければならない罪をおかし、自分を愛してくれた人たちを傷つけ、いつもやさしくしてくれた人たちを死に追いやることに力を貸してしまった少年の物語であり、また、捨ててしまった自分の名前を一生かけてとりもどさなければならない少年の物語なのだ、と。それはまた、その罪を償う方法を見つけたいと思っている男の物語であり、ヘルタというメイドに言われた、「ここでなにが起きていたか知らないふりは絶対にしてはいけない。それ以上に重い罪はない」という言葉を、これからもずっとかかえて生きていくつもりでいる男の物語なのだ、と。

〈ぼくらが子どもだったころをおぼえているか〉ピエロはわたしにたずねた。〈きみと同じように、ぼくにも語りたい物語があったのに、それを紙の上に書きとめることがどうしてもできなかった。アイデアはあっても、それを言葉にできるのはいつもきみだった。それでもきみは、書いたのは自分だけど、これはおまえの物語だ、と言ってくれた〉

〈ああ、おぼえているよ〉わたしは返した。

〈ぼくらはまた、子どものころにもどれるかな？〉

わたしは首を横にふり、笑みを浮かべた。〈それには、あまりに多くのことがありすぎた。でも、もちろん、パリを出たあと、きみの身になにがあったのか、教えてくれないか。そのあとでまた考えようじゃないか〉

〈この物語を語るには、かなり時間がかかるだろう〉ピエロは手話を続けた。〈しかも、語りおえたら、きみはぼくを軽蔑し、殺したいとさえ思うかもしれない。でも、とにかく聞いてくれ。そして、好きなようにしてくれればいい。その話をもとにして本を書いてもかまわない。いや、忘れたほうがいいと思うかもしれないな〉

わたしは机の前へ行き、書きかけの原稿を片づけた。つまるところ、ピエロの話にくらべれば小説の執筆など些細(ささい)な問題で、彼が語らずにはいられない話をすべて聞いたあとで、いずれまた続きを書けばいい。わたしは戸棚から万年筆と新しいノートを出し、幼なじみの前にもどって、わたしに与えられた唯一の声、つまり、左右の手で、ピエロにも通じるとわかっている簡単な合図を送った。

〈さあ、始めようか〉

謝辞

わたしの書く小説はみな、世界中にいるすばらしい友人や仲間たちからの助言や援助のおかげで、よりよいものになっています。わたしの代理人であるサイモン・トゥルーウィン、エリック・シモノフ、アンヌマリー・ブルーメンハーゲン、ほか、ウィリアム・モリス・エンデヴァー・エンターテインメント社の皆さん、イギリスのランダム・ハウス・チルドレンズ・パブリッシャーズ社の担当編集者であるアニー・イートン、ナタリー・ドハーティのお二人、同じくアメリカのヘンリー・ホルト社のローラ・ゴドウィン、ランダム・ハウス・カナダ社のクリスティン・コクレイン、マーサ・レナードほか、すばらしいチームの皆さん、そして、世界各国でわたしの小説を出版してくださっているすべての方々に心からの感謝を捧げます。

また、わたしのパートナーであり親友でもあるコンに感謝します。

この小説の最後の数章は、わたしの母校でもあるノリッジのイーストアングリア大学で、クリエイティヴ・ライティングの修士課程の講師を担当していた二〇一四年の秋に執筆したものです。その間、作家であることがいかにすばらしいことかを再認識させてくれ、否応(いやおう)なく、フィクションとはなにかをさまざまな視点で考える機会を与えてくれたことに対して、優秀なる未来の作家たち、アンナ・プーク、ビクラム・シャルマ、エマ・ミラー、グレアム・ルーシ、モリー・モリス、ローワン・ホワイトサイド、タティアーナ・ストラウス、ザキーア・アディーンの諸君に感謝します。ほんとうにありがとう。

ジョン・ボイン

作中に登場する主な歴史上の人物（登場順）

パパ・ジョフル（ジョゼフ・ジョフルの通称）（一八五二～一九三一）　フランスの軍人。第一次世界大戦でドイツ軍を相手に活躍。

アドルフ・ヒトラー（一八八九～一九四五）　ドイツの政治家。一九三三年に首相。ナチスによる独裁政治を敷き、第二次世界大戦を起こしたが、終戦間際に自決。自ら「総統」と称した。ヨーロッパのユダヤ人殲滅を計画し、強制収容所における大量虐殺を指示した。

ゲリ・ラウバル（一九〇八～三一）　ヒトラーの異母姉アンゲラの第二子で、ヒトラーの姪。

エーファ・ブラウン（一九一二～四五）　ヒトラーの妻。ヒトラーとの関係は長く続いたが公にはされず、死の直前に結婚。その後、ヒトラーとともに地下壕にて自決した。英語読みではエヴァ・ブラウン。

ウィンザー公爵（一八九四～一九七二）　一九三六年にエドワード八世としてイギリス国王に即位するも、同年、アメリカ人のウォリス・シンプソンとの結婚を望み、退位してウィンザー公爵となる。作中でデイヴィッドと呼ばれるのは公爵の本名の一部。ウィンザー公爵夫妻は、一九三七年に実際にベルヒテスガーデンを訪れている。

ヘルマン・ゲーリング（一八九三～一九四六）　ドイツの軍人、政治家。ゲシュタポ（国家秘密警察）を組織、軍需工業と軍備の拡大を指揮。

ヨーゼフ・ゲッベルス（一八九七～一九四五）　ドイツの政治家。宣伝相として言論弾圧や反ユダヤ主義を先導。

ハインリヒ・ヒムラー（一九〇〇～四五）　ドイツの政治家。親衛隊やゲシュタポを指揮してナチス体制を強化、ユダヤ人虐殺を組織的に実行した。

カール・ビショフ（一八九七～一九五〇）　ドイツの建築家、軍人。アウシュビッツ強制収容所の拡張計画を立案。

レニ・リーフェンシュタール（一九〇二～二〇〇三）　ドイツの映画監督、写真家。ナチス政権下で製作したベルリンオリンピックの記録映画で有名。

なお、主人公のピエロ（ペーター）・フィッシャー、叔母のベアトリクス、運転手のエルンストなどの主要登場人物は架空である。また、ヒトラーを暗殺しようという企ては何度かあったが、いずれも実現しなかった。

訳者あとがき

『ヒトラーと暮らした少年』いかがだったでしょうか？　この作品は、やはりジョン・ボイン原作で、世界数十か国で翻訳出版され、映画にもなった『縞模様のパジャマの少年』（千葉茂樹訳、岩波書店）の姉妹編と言えます。

物語の主な舞台となるのは、ドイツの独裁的指導者だったアドルフ・ヒトラーが、休暇を過ごしたり政務を行なったりした、ドイツのオーストリア国境に近い山の上に実在した山荘、ベルクホーフです。

主人公ピエロは、ドイツ人の父親とフランス人の母親とのあいだに生まれ、パリで暮らしていましたが、両親の死により孤児となります。そして、なかよしだったユダヤ人の少年アンシェルと別れ、ベルクホーフで家政婦をしていた叔母さんに引きとられて、七歳から十六歳までの多感な少年時代を、ときおりヒトラーやナチスの幹部たちがやってくる、アルプスを望むこの風光明媚な山荘で暮らすことになるのです。

幼くしてヒトラーと出会った少年は、ヒトラーに可愛がられているうちに、その強いリーダーシップに惹かれ、ユダヤ人であるアンシェルからの手紙には返事を出さなくなり、周囲の者にも横暴なふるまいをするようになっていきます。それが、どのような悲劇を招くのかは本編を読んでいただくこととしましょう。そして、ドイツの敗戦によって一人放りだされたピエロは、各地を転々としたあげく、パリにもどるのですが、物語は、とても印象的な、希望を抱かせるラストシーンで締めくくられています。

ボインは、『縞模様のパジャマの少年』で、ドイツ人の少年ブルーノが、事情を知らぬまま、鉄条網ごしにユダヤ人の少年と心を通わせ、みずからその境界線を越えて「迫害される側」へ入っていくという衝撃の結末を、やや抽象的なタッチで描きました。一転、この作品では、友だち思いのやさしい少年だった主人公ピエロが、ヒトラーの影響を受けて権力への憧れを抱き、じわじわと高圧的な態度を身につけ、自らが「迫害する側」へと変わっていく様を、ありえない展開ではありますが、かなり具体的に描いています。

前作では、主人公の無知がユダヤ人大量虐殺という人類最大の悲劇を際立たせていたとすれば、本作では、無垢だった主人公が加害者へと変わっていく恐ろしさを描いているわけですが、ピエロを変えてしまった力は、現代の世界にも、そしてわたしたちの暮らす日本社会にも潜んでいることを忘れてはなりません。この作品は、わたしたち読者に、引き返せるうちに引き返す勇気をもつことを訴えているのではないでしょうか。

原作者のジョン・ボイン（一九七一年生）はアイルランドの作家で、本作のような児童書だけでなく、一般むけの小説も書いています。邦訳作品には、ほかに『浮いちゃってるよ、バーナビー！』（代田亜香子訳、作品社）があります。

じつは『縞模様のパジャマの少年』と本作『ヒトラーと暮らした少年』のあいだに、ボインはもう一作、第一次世界大戦当時の砲弾ショックや良心的兵役拒否の問題をあつかった『Stay Where You Are And Then Leave』という作品を書いています。やはり戦時中の少年を主人公にしていて、合わせて三部作と言っていいでしょう。そして、すでにお気づきの読者もいらっしゃるでしょうが、この三作には共通する人物が登場しています。どうぞ探してみてください。

二〇一八年一月　　原田　勝

著者
ジョン・ボイン
John Boyne

1971年、アイルランドのダブリンに生まれる。トリニティ・カレッジで英文学を、イーストアングリア大学で創作を学ぶ。『縞模様のパジャマの少年』（岩波書店）は、30ヵ国以上で翻訳出版され、マーク・ハーマン監督により映画化された。そのほかの邦訳に『浮いちゃってるよ、バーナビー！』（作品社）がある。

訳者
原田 勝
はらだ まさる

1957年生まれ。東京外国語大学卒業。英語圏の児童書・ＹＡ作品の翻訳を手がける。主な訳書に、『弟の戦争』『ウェストール短編集　真夜中の電話』（共に徳間書店）、「古王国記」シリーズ（主婦の友社）、『ハーレムの闘う本屋』（第5回JBBY賞［翻訳作品の部門］受賞／あすなろ書房）など。

ヒトラーと暮らした少年

2018年２月28日　初版発行
2022年５月10日　４刷発行
著者　ジョン・ボイン
訳者　原田 勝
発行者　山浦真一
発行所　あすなろ書房
〒162-0041 東京都新宿区早稲田鶴巻町551-4
電話 03-3203-3350（代表）
印刷所　佐久印刷所
製本所　ナショナル製本

ISBN978-4-7515-2877-8 NDC933 Printed in Japan